未来故事贩卖机

零杂志 编

上海文艺出版社
Shanghai Literature & Art Publishing House

图书在版编目（CIP）数据

未来故事贩卖机/零杂志编. — 上海：上海文艺
出版社，2019
ISBN 978-7-5321-6941-2

Ⅰ. ①未… Ⅱ. ①零… Ⅲ. ①短篇小说-小说集-中
国-当代 Ⅳ. ①I247.7

中国版本图书馆CIP数据核字(2018)第277905号

责任编辑：崔　莉
装帧设计：钟　颖
责任督印：张　凯

书　　名：未来故事贩卖机
著　　者：零杂志 编

出　　版：上海文艺出版社
出　　品：上海故事会文化传媒有限公司
　　　　　(200020　上海市绍兴路74号　www.storychina.cn)
发　　行：上海文艺出版社发行中心（上海市绍兴路50号）
印　　刷：上海中华印刷有限公司
开　　本：889×1194　1/32　印张7.5
版　　次：2019年1月第1版　2019年1月第1次印刷
书　　号：ISBN 978-7-5321-6941-2/I·5542
定　　价：30.00元

版权所有·不准翻印

 上海故事会文化传媒有限公司 出品（00821）www.storychina.cn

上海故事会文化传媒有限公司所有图书可办理邮购，免收邮费（挂号除外）
汇款地址：上海市绍兴路74号(200020)；　收款人：上海故事会文化传媒有限公司出版发行部
联系电话：021-64338113
如发现本书有质量问题，请与印刷厂质量科联系 Tel：021-65376981

目 录

吴思和　　寻找孤独神　/1

　　　　　　嵌套意志　/17

　　　　　　两个空间之间　/33

曹艾琳　　故事贩卖机　/49

　　　　　　好人审判　/73

　　　　　　逃离　/89

　　　　　　虚拟朋友　/107

	惊喜扭蛋机 /125
李岳琏	脑梦想家 /149
	预支未来 /167

孟嘉杰	边缘类 /179

	黑名单 /203
彭　康	2的20次方 /215

寻找孤独神

寻找孤独神

吴思和

一

孤独神失踪了，四月町陷入了大骚乱。

楳生是第一个发现这件事的，前一阵子她忙于调查学校的十大不可思议——思贤桥下的怪物有好一段时间没露面了，河面的雾气却更浓，于是传闻流传得飞快，学生纷纷猜测也许它真的死在河底鸟骨的残骸里了——如此折腾，上个月寄来的熬夜车票愣是攒了一张还没用。

整点的钟声远远地从教学楼传到学生公寓时，只剩下了几个支离破碎的音节，隐约能听出最后一声悠长的尾音。深夜十一点，气温零下两度，楳生哈了口白气，暖手效果不大。

那场诡异绮丽的夜间旅行将要开篇的时候,她正坐在宿舍楼门前湿漉漉的台阶上,等自己的夜宵外卖。而变故是在一瞬间发生的,叮咚哐啷,噼里啪啦,现在路上到处都横七竖八地倒着猝不及防昏睡过去的人了。

为什么在出门前不好好检查一下呢?樊生托着脸,居高临下地看灌木林前一片狼藉,无动于衷地想。这样他们就会发现这个月的车票根本就没有寄来,而今天已经是十三月了。这么看来,艾谯(她的室友)就要比这些醉鬼一样的深夜赌徒来的聪明得多了——她从不熬夜,但热衷于玩"樊生爱熬夜,樊生不养生"这种无聊的谐音冷笑话——这是后话。

樊生仰着头又等了一个钟头,她的外卖还是没有来。十二点的钟声又敲响——守钟人被孤独神眷顾,赠予永久的夜间通行证,因而钟声不停——常年居于学校十大不可思议之首。樊生起身,这是个讯号,她想。

一定是孤独神失踪了。她如此断言。

二

河川究竟是什么时候出现的,没有人能给出一个确切的答案。

只知道怪物的确是在河水慢慢涌起,淌过漫长的岁月，终于漫过河底鸟骨的残骸后才诞生的。艾谯对此不屑一顾，这是废话，她打断楑生的滔滔不绝，因为怪物毫无疑问是水生动物。艾谯坐生物系的头把交椅，楑生从此对这个话题缄口不提。但她没有告诉艾谯的是，她的确是看见过怪物跃出河面的——在某个深夜，她赤脚站在思贤桥的石栏上，然后低头，看见孤独神正轻抚怪物的脊背。

由此，楑生断言孤独神温柔又寂寥。所以当熬夜车票某一天突然出现在四月町的时候，她信誓旦旦地说，孤独神一定是来过了。艾谯这回没有反驳她，这当然是孤独神干的好事了，她把自己的车票推给楑生——她从不熬夜，四月町有哪个神明会像他这样任性又无聊。

可他现在不见了。楑生小心翼翼地踩着地面上的空隙往前走，避免踩到昏睡的人。熬夜车票最先出现在四月町的时候，在超自然科学界引起了轩然大波，孤独神的存在也是在那时被证实的——过去上海白塔的学者们认为，人间的一切事务都是在天使长路西斯的管理之下的。一批又一批的学者曾经来到这里，想要弄明白为什么孤独神要同时给黑夜关上门又配上钥匙，至今未果。可事到如今，这个始作俑者又究竟抛下黑夜去哪里了？楑生想不明白，一个失足踩在了倒在路口的班长脸上，后者在睡梦中迷迷糊糊地发出一声惊呼。

或许他只是觉得即使已经有了车票，大家还老是不睡觉，这太不健康了。槙生觉得这个理由合情合理——临近期末考，班长面如菜色，黑眼圈能和黑夜比肩。

但不管怎样，当务之急是要先找到孤独神问个明白。槙生跑上思贤桥，眺望桥下的河面。她在11点刚刚用掉最后一张车票，过了今晚，明天她也将要被黑夜拒绝，时间被留在深夜11点前。

千年猫就是在这个时候出现的。

千年猫是不是真的活了几千年她不知道，等反应过来的时候，这名字已经叫得很顺口了。这家伙说的话总是真假参半，完美贯彻了人类心目中猫狡黠的人设。据它自己说它原来是给埃及法老王陪葬的猫，在盗墓者撬开金字塔的时候偷偷溜了出来，然后很随意地学会了人类的语言，再来就在四月町开了家酒馆——随它怎么讲吧。

"这条河的水位又下降了。"它舔舔爪子，"水越来越少了。"

"怎么会，现在可是雨季。"

"为什么呢，谁知道呢。"千年猫从石栏上轻巧地跃下，抬起右脚挠了挠耳朵，"也许河里流的根本就不是水，又也许是孤独神那家伙搞的鬼。"

河川里流的不是水，这太荒诞了。槙生想。这比会说话的猫更令人难以置信。

可猫的确会说话。她望向深夜的河川，月光拨开云层倾泻下来，星星点点地洒落在雾气缭绕的河面上。石子坠入水中的时候，河面溅开的水花转瞬即逝。风过境的时候，河面也只是晕开轻柔的波纹。但某种强大的力量一直都在它们身后，榠生想，它们终将在同一个地点再度相遇，汇聚成江，甚至海。

"这就是孤独神一直留在四月町的原因吗？"她问。

"如果水真的是生命之水，河川真的是生命之河的话。"千年猫说的话不明所以，"谁知道呢，稀奇古怪的东西在四月町可一点都不稀奇。"

也许它是在说流淌的水象征着生命的流动，因为人们不愿安眠，所以河流的水开始变少了。黑夜正在侵蚀生命，也许吧。她想。

"你越来越像个哲人了。"榠生评价。

"这大概就是深夜的魔力吧。"千年猫哼了一声，看都不看她一眼，"走了。"

"去哪里？"榠生三步并两步跟上前。

"去找孤独神，"千年猫头也不回，"夜里没人怎么行，他图清静，我的酒馆可还要做生意。"

"可……"

可夜间列车恐怕都已经停运了，榠生把心里想的全写在了脸上。

"我知道一班永不停息的列车。"

千年猫眨眨眼，墨绿的猫眼里闪烁着奇异的光芒。

三

"这和事先说好的可不一样。"

"我怎么会知道竟然还会有这种事。"

"稀奇古怪的东西在四月町可一点都不稀奇?"

"住嘴。"

千年猫一爪子拍在了楔生脸上。

列车的确是永不停息的列车,车站却也是列车永不停留的车站,这是他们后来才知道的。

千年猫口中的永不停息的列车车站在学校的北面,那是片曾经被过度开发如今早已变成荒原的土地。艾谯曾经数次去那里做过课题报告调查,阒然又荒凉的地方,她如此评价,却比夜晚更美丽。但楔生从未听她说起过有这样一班不可思议的列车,而就她现在所看到的为证,艾谯没有发现这一处实在是再正常不过了。

太普通了,楔生想,实在是太普通了——这仅仅,仅仅就只是一个站台而已。

她站在遮阳篷下,四处环顾,干净的亚麻油地板,被擦得发亮的等候椅,以及停在 11 点的时钟。停在 11 点?售票员就是在这时出现的,楔生吓了一跳,应该说,她完全没有想到这里还会有人——而且还是没有睡着的人。这太失礼了,她想,我太傲慢了。

好在这时远处传来了机械高速运转、老式铁皮火车独有的轰隆隆的声音，还有蒸汽尖锐的轰鸣声——及时打断了她的自我嫌恶，榤生预感到列车即将驶入站台，她从等候椅上站起身，千年猫一个反身窝在她的头上。可列车却丝毫没有要减速的意思，它冲进站台，售票员举起旗子——绿铁皮火车车头上的每一处油污几乎都已经能用肉眼看清楚了——然后它飞驰而过，榤生几乎能在那个瞬间看清楚售票员在火车一闪而过的残影后面无表情的脸。然后列车借着惯性腾空而起，驶向银河天际。

"银河铁道列车？"榤生目瞪口呆。

"我可不是康贝瑞拉。"千年猫回答。

可我也许是乔万尼，只不过我追寻的不是幸福，而是熬夜的秘密。榤生仰着头，看银河列车开的飞快，已经只能看见车尾绿色的残影了。又也许是深夜的秘密。她想。

但现在的重点不是这个，榤生看了看怀表，指针指向凌晨一点半。

"为什么列车不停下来呢？"她问。

"因为太久没有人乘这班车了。"售票员回答，"列车已经忘记这个车站了。"

"那你怎么还等在这儿？"榤生开始觉得这是个不可思议的车站了。

"总有一天会停下的。"售票员好像在看她，又好像只是望向她身后的虚空，但是他仍旧很大声地回答，"列车总有一天会停下的。"

这太奇怪了，桉生想，这是唯心主义论，而且是毫无根据的自信。

"喂，桉生，你每个月的熬夜车票是几张？"千年猫突然插嘴。

"平时十五张，二月十三张。"她摸了摸鼻子，对问题背后的目的摸不着头脑。

"那你呢，这位小哥。"猫舔了舔爪子。

"我没有车票也能保持清醒，睡着太浪费了。"售票员整了整衣襟，站得笔直，"只要能醒着，就要一刻不停地工作！工作！"

"你不需要睡眠吗？"

"夜晚有那么长，不工作使我焦躁。"售票员抬了抬帽檐。

这我倒是有点明白，桉生默默点头，想起自己的课题报告。然后她站起身，准备离开。孤独神一定是来过这里的，她想，售票员熬夜的信念一定是被孤独神认可了，所以才会被赠予永久的夜间通行证——他不需要睡眠。可这太奇怪了，桉生想，列车永远不会在这个车站停下，这是毫无意义的。

"正是如此。"千年猫凑在她耳边说，"孤独神是个任性又不知所谓的家伙。"

有时桉生真的怀疑千年猫能够读心，这种感觉可不太好。

不过,还没等她走出几步,售票员在身后喊住了他们。

"但我已经熬了整整三十年的夜了。"他挠了挠头,尽管那里只有帽子,"醒着的时候我总是无法入睡,所以有时我想,如果被强制休息的话,应该也不会是件坏事。"

"如果今晚找到了孤独神的话,我会替你告诉他的。"楔生爽快地答应下来。

"再见。"售票员低头致意。

"再见。"楔生也点头,摆了摆千年猫的爪子。

而接下来发生的一切事情都是在一瞬间发生的。

叮当哐啷,噼里啪啦,戏剧化得像一部从未彩排过就上场的舞台剧。售票员咚的一声就倒在站台上昏睡了过去,而银河铁道列车则高高地从天上掉了下来,有什么东西从绿铁皮火车的车头翻滚了出来,凑近了看才发现是列车的驾驶员,睡得很沉,发出猪一样的哼哼——毕竟列车也从不停息。

这下楔生确信了,孤独神一定是来过了。

四

结果她还是来了。楔生捧着啤酒缩在角落里,看酒馆

11

灯火通明。

尽管没有夜间列车，千年猫还是坚持孤独神肯定是到它的酒馆去了——那里最热闹，它说。

"那个家伙可怕孤单了，人类却几乎都不知道他，所以才老是把人间的夜晚折腾得天翻地覆。"千年猫的原话是这样的，"那都是你还没出生前发生的故事了。"

不过，酒馆里的光景的确是让她有些吃惊。她原先的确是听说过倒买倒卖熬夜车票的生意，却没想过竟然有这么流行。这注定是个不寻常的夜晚，楑生想。河川里的怪物、守钟人、会说话的猫，还有这家昼夜交替之处的酒馆的秘密交易，学校十大不可思议中的四个在今晚接二连三地展现在了她的眼前。

"嗨，你知道孤独神去哪里了吗？"她问。

"哈！又一个来找孤独神的！"有人笑了。

"孤独神最喜欢热闹的地方了，不过他也最讨厌热闹的地方了！"

"不过他最喜欢夜晚也是真的，他原来说过一句什么话来着？"男人摇头晃脑，手里把玩着厚厚一沓的熬夜车票，酒杯在摇摇晃晃间滚到一边。

"但熬夜有害身体健康。"她试着加入话题。

"不，小姑娘。"大叔大笑着揽过楑生的肩，醉醺醺地举杯，"熬夜是一种生活态度，时间只有那么多，美酒却怎么也喝不完！今朝有酒今朝醉！"

这太荒诞了，樸生想，他们说的话根本前言不搭后语。而千年猫已经不知道去哪里了。

酒过三巡，樸生想，她已经能够从这些醉汉的只言片语中拼凑出孤独神的形象了。如果要把它讲成自传的话，那一定是个忧伤的都市故事。樸生撑着头想，她已经快忘记自己今晚的目的了。可她实在没有办法了，她怎么能知道四月町的神明去了哪里呢？

很久以前，人类是没有黑夜的，因为他们既没有蜡烛也没有灯，所以他们的时间在黄昏时就戛然而止了。孤独神很孤独。

后来，夜晚逐渐热闹起来了，有霓虹灯，有游戏厅，有聚会，有灯火，有喧嚣。

孤独神却更孤独了，夜晚并不是热闹起来了，而是吵闹起来了。

他对此感到厌烦，终于在某一天重新关上了深夜的大门。

故事就这样迎来了结局。

这个故事真是毫无意义。樸生想，但这个寻找孤独神的夜晚却诡异又绮丽。

"正是如此。"千年猫点头。

这下樸生确信了，千年猫一定是会读心的。

五

怀表的指针指向凌晨3点半,她喝得有些发困。

她闭上眼,又睁开,然后惊觉自己又回到了河川。她环顾四周,千年猫已经不在了。

深夜的晚风包裹着凉意飒飒地拂过河面,风声渐渐压到头顶上了。楳生抬起头,看鸽灰色的天空阴郁地叹息。她赤脚站在思贤桥的石栏上——她有预感,她应该这么做——然后她低头,看见孤独神正轻抚怪物的脊背。楳生感到自己的心脏剧烈地跳动。孤独神就在她的眼前,她已经扼住真相的咽喉了。

熬夜车票究竟是为了什么?夜晚又究竟消失去了哪里?

楳生张了张嘴,却一下子连一个音节都发不出来,酒喝得太多,嗓子终于在最不该报废的时候不争气地哑了。

"也没什么。"孤独神却好像听到了她的心声似的,跷着二郎腿,嘴里叼着苹果回答说。

他身下坐着的正是河川里的怪物,现在凌晨3点半,气温零下两度。河面雾气缭绕,怪物收起羽翼,缩起身子,漂在河面上温顺地打呼。

"就是觉得大家老是不睡觉……"
"现在,你该睡了。今晚这个夜我熬得很开心。"

酒精开始发挥作用,楳生迷迷糊糊地回到宿舍,经过灌木林前时，一路上踩了不少人的脸。打开门的时候，指针指向凌晨 5 点整，钟声却没响起，艾谯也还没醒，房间里还很暗。

在手指摸到床栏时，她突然觉得，刚才的一切好像在某一刻的某一处有什么不对。

但她无心细想这些了，楼下的人群开始慢慢苏醒过来，他们大声嚷嚷叫着孤独神的名字，寻找孤独神的踪迹。可她实在太困了，她把头埋进被子里，今晚她不打算再熬夜了。

嵌套意志

嵌套意志

曹艾琳

序

"……现接到来自观测中心的最新消息,熵增的幅度已经到达第三等级,热寂现象已经不可回避。在此公告全体联邦公民,启动文明保存预案003……相关工作安排由联邦政府统一派发,请60亿地球同胞务必精诚合作,共度难关……

"重复一遍……现接到来自观测中心的最新消息,熵增的幅度已经到达第三等级,热寂现象已经不可回避。在此公告全体联邦公民,启动文明保存预案003……相关工作安排由联邦政府统一派发,请……"

空中一只已熄了灯的广告飞艇一动不动地悬着,年久失修，它的表面已经呈现出了颓败的蜡黄色，可是依旧在不断地重复播报着人类文明最后的通告。铿锵有力的音波在空旷的城市里不停地回响着，有一些刺耳和诡异。

一

比 7 点还要早七分钟的时候，一个年轻人站在隧道里仰头看了看眼前的帆船型建筑。接下来的十个小时他就要在这个建筑里工作。在 23 世纪编年史中，计算机把他的代号定为 P2333。这个巨大的建筑出现在 20 世纪末，建在距离海岸线 278 米的人工岛上，现在这个距离拉长了很多，让它似乎彻底成为了一座海上的孤岛，距离最近的大陆 3742 米。它所在的区域禁止飞行器，为此修建起的海底隧道已经是这星球上为数不多的陆上交通线路之一。

这一建筑曾经被认为是最为奢靡的七星级酒店，而如今它是未来的希望所在，现在世界上可以说所有人都把目光聚焦在这个地方。

文明保存预案 003，是指在遭遇不可避免的宇宙灾害的情况下，为了保存人类文明而准备的保护措施。而现今向人类袭来的危机便是熵的危机。据观测中心的报告证明，因为熵增，宇宙在人类文明可见的时代会进入热寂。

而为了缓解熵增造成的影响，一个天才般的方案被提出：世界政府决定将人类的思想统一上传至服务器里，等待如玻尔兹曼所说的"涨落"的到来。等到熵减时刻来临，便可以再将人类的思想意志归还到其冷冻保存的躯体之中，实现在新纪元重建人类文明的伟大计划，而这一"偷天换日"的构想经由全民公投通过。

为落实这一构想而诞生的便是"新纪元531计划"，利用五年时间，分三个阶段，由一千人来完成把人类思想上传到服务器这一任务。

在这一计划之中，第一个阶段由采集人员拿着两台类似摄像机的仪器前往到社区里，每个人只要耐心等待叫号就可以了。他被叫到去社区中心的时候还仔细端详了这两个仪器，工作人员并没有不耐烦，还给他详细介绍了这两个仪器的功能。这两台仪器，再加上显示的屏幕，这一套系统基本上就是一种全息摄影，只不过精密度要高上很多。扫描的过程很快，只要戴上头盔十分钟就搞定了。等扫描结束了以后，与数据线连接的屏幕上已经自动把他脑中的思想按照重要程度划分了等级排序。

第二个阶段是核查所有人的思想，以确保对现在的社会没有什么危害性，这个步骤是三阶段当中审核起来最快的。

第三阶段交给程序员，把所有的思想全部上传到数据收集服务器。他们要确保所有人的思想数据都准确无误，保证每个人都能顺利地来到"虚拟世界"。

这个计划最令人惊叹的部分是在23世纪世代,足足60亿人的工作量,只需要用一千人不到就完成了,也就是说,除了运行最后一部分的程序员,别人都会在正常的休息中来到新世界,连自己的思想已经转移了都不知道。而他们关于转移的记忆以及时间观念都会通过系统智能再编程,避免出现因为在虚拟世界中滞留时间过长而出现精神问题,这是一件多么神奇的事情啊。

P2333压抑着自己激动的神情,通过个人终端向门禁出示自己昨晚收到的531计划的邀请邮件。

几乎是一瞬间,滴声之后,门打开了。

长廊采取的是全透明的设计,外面的景色一览无遗,今天也是个艳阳高照的好天气。他往里面踏了一步,因为感应到了他的脚步,有声音响起:"欢迎来到未来机关。"随着柔和的女声,两边的墙壁上开始放起了他已经看过无数遍的宣传片。他的心不可遏制地怦然跳动了起来。对于自己能跻身于亲手开创新纪元的一千人之列,他的心里顿时升起了与有荣焉的自豪感。

等到他找到自己办公室的时候,正好7点。

P2333准时在他的座位上坐了下来,身下的人体工学办公椅发出了细微的响声,他的办公桌,一块巨大的屏幕随之便亮了起来,在他的眼前出现了一个正方形的亮块。"P2333已就位,请把右手放在亮块上。"清亮的女声提示道,他把手放上去的时候感觉到一阵轻微的刺痛,"好的,已通过，P2333，欢迎你加入531计划。"

二

没人能否认，23世纪是一个奇迹般的世代。在技术的飞跃式进步下，就连回避宇宙级别的灾害也能做到。

"我们是23世纪的高级人类，纵然和21世纪人口大抵相等，却拥有更高的智慧。"

这是总负责人在动员会上所说的。

P2333不断在大脑中编织一段段代码，这些代码便又迅速的投射在他眼前，由智能编译器不断组成彼此相连的程序。即使工作已经进行了数日，他起先激动的心情也没有沉静下来，而是举手投足间带着一种孩童式的狂喜。

之所以这样，在于P2333的心中一直有个隐秘的愿望。他渴望成为英雄，渴望成为别人瞩目的焦点。虽然这一愿望在这一时代几乎难以实现：联邦政府麾下成长起来的孩子们，职业规划都是在他们出生的时候就已经完全计划好了，虽然随着年纪的增长，他们会去教育机构进行一些测试来修正一下偏差值，但是政府的教育机构一直以来以精准闻名的。这些偏差值不过是工作方向之间的区别。一旦在三岁完全确定了之后的职业规划，他们处在一个分组里的孩子就会组成一个班级，一直学习到毕业为止。

大家的天资一样，努力的程度一样，所造就的成果，当然也是一样。在一个没有残酷竞争、失败和不公正环境中成长起来的P2333，内心反而愈发渴望自己有一天能崭露头角。如此期待着的他终于迎来了这一舞台，便展现出无与伦比的热情。在工作的第一周，便已经赶超了大部分的工作进度。

如此努力的他，非但没有获得同事的刮目相看，反而引发了关于工作计划的不小纠纷。为了平息稳步进行着计划中的矛盾，上面便只好将P2333这个工作狂"委以重任"，让他担负起审查整个虚拟世界程序的繁重项目。

起初他还以为，这是上面对他刮目相看的表现。"审查负责人"听起来似乎比一般工作人员好上太多，但实际工作起来，却发现这是个写代码都不用的工作。单纯看着投影上种种校验程序的进度条读取，为一份份百分百确认无误的文件打钩罢了。

他提起抗议，结果因为"没有比这更重要的工作"的理由回绝了。P2333很无奈，同事们所做的不过是将预案中的程序编写出来，熟练程度好似重复做过几万次类似工作一样。而整个程序的BUG都将由人工智能预先检测许多遍。

在这个时代，什么时候轮到人类为机器校验错误？

于是不到三小时，他便开始消极怠工。悄悄地编了个程序来自动为文件签名。自己却打开资料库，从中抓取出大量上个世代的小说，偷偷津津有味的看了起来。一些闻所未闻的武功，一群人争着那江湖第一的名号，明知道很荒谬但是却觉得欲罢不能的打斗，这一切都让他觉得很新奇，这样那样的想法又在他的心里沸腾着，却又让他为自己现在糊弄着的工作而烦躁。

明明是在拯救世界，为什么不能认真一点？

"滴滴滴"——

这么想着的时候，终端传出了警报。总负责人打来了内线电话，称虚拟世界系统总目录下文件校验出错，文件数量对不上。

"是缺少了什么文件吗？"P2333百无聊赖地向总负责人问道。

"不是，是多了文件。"

总负责人的回答让他一个激灵。自己不会把小说复制到虚拟世界系统的文件目录里了吧？如此想着的同时，他已经打开了那个名为 log_list 的文件。

显然，内容全是乱码。

因这次校验出错而被当作典型批评的他坦诚向同事认错，但是当他坐回办公桌前的时候，却是用有点兴奋的目光打量着这个文件。

为什么在从未运行过的系统中会出现以运行日志为标题的文档？虽然内容全是乱码，但是从格式上看和设定中的生成运行日志的格式并无任何区别。这是否暗示着虚拟世界程序已经启动过了?

如果能还原乱码,说不定就能解开这背后的秘密。

解解看吧。他看着屏幕想道。

三

"一尺之棰,日取其半,万世不竭。"

运行日志的乱码似乎是虚拟世界服务器中某段代码导致的,拥有调用量子计算机权限的他很快就把一部分解密出来了,除了一串大到惊人却又毫无意义的常数,便只有一句古文。

他有些苦恼,因为职业规划的缘故,他在文学方面的水平并不足以支撑他解答这样的问题,再者他也没有和这个专业相关的朋友。按照字面意思理解,一尺长的物体,每天取其一半,便永远也取不尽,这……到底是什么意思?

他暂时放下了疑问,继续对这个文档破译。这一部分只是其中很小的一部分,这个文档到底要传达什么?他看着数据在平稳的上传中,继续破译剩下的文档。

剩下的部分和刚刚破译出来的部分加密方式是一样的,只是加密次数发生了变化,他看着又一部分被破译出来的文档若有所思,文档里的数字和之前的数字发生了变化，那句古文又再一次出现了。

无论破译出来多少，每一次都会是这句话和一个非常大的数字。这就像一个令人猜不透的哑谜一样，而他，非要把这个答案解出来不可。

"所有的思想数据上传完毕。"

他听到了广播，看着手头上还在进行的破译，咬了咬牙。他准备舍弃那些数据而直接来挖掘最早的档案的时候，数据上传完毕就意味着他不可能再把这个事情进行下去了。

"终于等到了这一天。"

广播中传来的是总负责人慷慨激昂的声音。

"在诸位的精诚合作之下，整个虚拟世界系统已经完成了。据我们所观测到的，在今天，我们宇宙中的同样体积能源所释放的热量已经相较之前有了巨幅下降，甚至连光速的常量也发生了变化，很明显，我们的宇宙已经到了垂危之际。需要让它自行恢复。那么，话不多说，我正式宣布，全人类进入虚拟世界。"

按照指示，他的双手脱离了屏幕。"数据转移开始。"室内调低了亮度，不知道有多少台机器开始运转，巨大的蜂鸣声在耳边响了起来。

P2333 看着屏幕上还被禁锢在层层加密之下的那个最初的文档，闭上了眼睛。静静听着总负责人的倒数声——

10，9，8，7，6，5，4，3，2，1——

蜂鸣声变成了警报声。P2333 吃惊地睁开眼睛，室内的光变成了暗红色，不安地闪烁着，他重新看向屏幕，新的窗口一个个悬浮在他周围——这是已经进入虚拟世界的表现。

无数个数据显示失联的状态，这不可能，他虽然是在之前有些不务正业，但是上传了的数据都是准确无误的。他的脑子还在思考着这些，手已经动了起来，事实上这些数据比失联还要严重，它们在要涌入服务器之前就已经崩溃了，完全消失在了虚拟的世界之中。

"各位程序员请开始排查错误。"

他发出这样的通知，却并没有收到任何回话。P2333 调用了后台管理权限，与现实的那座"帆船"建筑物的墙壁瞬间化为透明。

他怔住了，偌大的建筑物中无一人存在。

仿佛听见了他的心声，一个长长的名单在他眼前跳出。上面显示着 1000 名技术人员的名字，除他之外全是大红色的英文字母。

LOST。

数据出错，怎么可能。

P2333 紧紧咬着自己的嘴唇，虽然是虚拟世界，但依旧会感觉痛。

从 21 世纪有计算机科学开始，程序中没有数据便只有可能是因为数据库出现了问题。而文明保存方案 003 的数据库是绝不可能出现任何问题的。在他还未加入这个企划时，人类文明保存方案的细节部分都已经在电视上公开讨论过无数次了。

"……人类所能利用的资源建构成这个虚拟世界的服务器，虽然我们即将前往的虚拟世界会因为损耗比我们现在的世界小一些，但是对于现在的人口来说是完全足够的。"

量子计算机将统计数据调查出来了，伴随着虚拟世界的正式启动，基本最后进入虚拟世界的约总人口的3%的数据都消失了。

这显然是不可能的。相关的数据全都经过了P2333的手，反复核验了再核验。以服务器的运算量，60亿人怎么可能损失3%，恐怕要反复运行……反复？不对。一定有什么地方不对。

P2333一挥手，帆船就变成了粉碎的数据流，空中出现一面又一面屏幕将他包裹起来。他站在空中，挥手打开了那个存于虚拟世界服务器后台的运行日志。果然运行日志还存在。最后一行比起他发现时多了一段：

2358年1月1日

第XXXXXX次

他没有停留，而是快速滑动日志。

2333年1月1日

第1次

"希望这段留言能够帮到下一次启动程序的人们"

"为了避免***的危害，人类选择进入了虚拟世界规避。但是可能是由于外界原因，外界系统的记忆储存部分受到了损害。几乎所有人都失去了自己身在虚拟世界中的记忆。从内部关闭虚拟世界也几乎不再可能。

"随着外界系统的进一步破坏，虚拟世界的功能也开始残破不全，种种世界级别的物理规则开始了崩坏。而在虚拟世界中的科学家们居然声称，这是因为熵增引起的，真是笑死人了……

"他们居然想通过数据库中储备的虚拟世界计划来规避危险……我尝试用过很多方法告诉他们我们正处于虚拟空间之中了，如果再开启虚拟空间会对原本就有重大负荷的服务器造成更大负担，但是都被他们当作疯言疯语……

"意识转移要开始了，我可能会在新的世界中被消除记忆，我只能做到这里了。如果人类还不能意识到自己的处境的话……"

"一尺之棰，日取其半，万世不竭。"

2333年1月2日

第2次

"……"

"一尺之棰,日取其半,万世不竭。"

他的脑子里回响着这句话,他不得不去想,因为这句话正用鲜红的字布满他的屏幕。"万世不竭……"他低声念了一句这句话。"我得告诉他们才行……"正打开通讯装置的他眼前一片漆黑,他的脑子里出现了一声很短促的音节,就像电脑死机的时候会发出的声音一样,他向着黑暗深处无尽坠落下去。

两个空间之间

两个空间之间

曹艾琳

一　顾客

零点还差三分的时候,我在办公室里等候。

整个城市发出星星点点的光被玻璃窗过滤,呈现出一种透明感,仿佛蕴藉在宇宙中的萤火。这个世界从我有记忆开始就不再有睡眠,我也难有时间在床上舒舒服服地躺八个小时。

我是心理医生,也许是这个世纪最受人尊敬的职业,原因就在于无人取代。替代任何业者的机器人几乎都被制造出来了,除了我们。无论是老古董们还是弄潮儿,要他们聆听机器的建议在他们看来都是十分可笑的,哪怕最劣质的人工智能在心理学上的造诣也远超出我数个量级。

所以在这个时代,我觉得我可能更类似于有神论存在时代的牧师,我伪装成为神说话。这种技巧让我颇受欢迎,顾客们络绎不绝,从早到晚。兴许外物越发达,他们的内心越容易脆弱到崩溃。时代的浪潮冲毁了许多沙子做的城堡,而这个世界从不会停下等一等谁的灵魂。

石英钟的时针归零,时间到了。我听见电梯间机械运作的声音,然后是有些急促的脚步声。

我在等一个客户,起因是一个老朋友向我介绍。

"我认识的人中和政府机构合作过的就你了。"他劝,"你的年龄也够了,还不攒点名声捞点钱啊。"

我闻言反而犹豫了:这次的"客户"很奇怪,事前的资料完全保密。而需要我做的不过是通过语音的形式和他聊天,酬劳却是一个令人难以置信的数字。

"真的没什么风险吗?"

我有些犹疑。

"哎,老弟,你还信不过我吗?而且……"他的神态敛了起来,有些似笑非笑,"谨言慎行,不要问不该问的不就行了吗?"

我还是把这个项目接下了,不是因为酬劳的缘故,可能这就是我的女儿肖似我的原因,人总是对保密的东西充满了好奇。

西装革履的公务员推开门，连寒暄的话都省去了，干净利落地在桌上放下银色的手提箱。他手腕上黑色的条纹证明他，或者说"它"的身份。

仿生机器人。

它没有多话，而是默默地看着我进行事前就通知过的手续。签了重重叠叠的保密协议后，它打开箱子。

那是一沓文件，放在最上面的是一张表格，登载着一个人的个人信息。我看过无数顾客的个人信息，但这位的相貌确实足够普通。那是一张平凡的中年人的脸。

除过照片和短短的一行介绍。其他的信息都被涂上了黑线。

"我们的研究员。"机器人拿出那张表格。"目前正处于某种极限环境下工作。问题是，这使得他不能够继续坚持他的工作。因此，请您能够与其沟通，鼓励他继续完成工作。"

"这是不人道的。"听见这样的开场白，让我有了回绝的意思，"你们应该让他离开那种工作环境，而并非让他继续，更不是找一个心理咨询师来欺骗他。"

"这也是他的意思。"机器人似乎早就清楚我要说什么，将一份文件抽了出来。那是某个协议的影印版，上面清晰地写着一行字：

"如因为不可预料的外界环境使我在意志上无法继续，

我同意在我未有生命危险的情况下以任何强制手段让我继续实验。"

"他一定是个很伟大的科研人员。"我靠在椅背上，把资料拿近一些，希望能从字里行间得到更多有用的信息。

"咨询将以电话的形式进行，我们已经将您的联系方式提供给他。请问还有什么疑问吗？"

公务员用它富有磁性却绝不和任何人类相同的声音问。

"我应该怎么称呼他？"我指着那张连姓名都被涂掉的纸。

那瞬间，公务员似乎笑了。当然，我知道仿生机器人绝不会做出那种类似戏谑的笑容。

"我们一般叫他 Лайка（Laika）。"

他吐出一个我很难理解的发音。

二　通话

我知道这个时代有无数危险的科学实验，可从没想到有一次离我这么近。

一个人心甘情愿让别人即便以骗他的手段也要坚持，起先我觉得这很高尚，后来想想，我的工作不过也就是欺骗那些心甘情愿被骗的人罢了。

"你好,医生。"

太阳升起之前,电话打来了。来自一个事前就告诉我的号码,我还没来得及自我介绍,那边便传来一阵令人焦虑的咳嗽声。

"你真的是专业的心理医生吗?"

"我是。"我随即报出一串执照编号,虽然我不知道他是否有机会查询其真伪。但他的声音显然舒缓了下来。

"抱歉,医生。"

他说。

"我现在很期盼能和医生有一段说话的时间,这让我还有活着的感觉。也许能让我多坚持一会儿。"

可视电话的显示屏一片漆黑。那头电子通信的嘈杂声、人的喘气声和某种类似尖锐物体划过玻璃的声音交织在一起。虽然经过了机器的降噪,但仍然让我有些不适。对他并没有自我介绍,我并不意外。

"你处在一个很压抑的环境中工作吗?"

我明知故问,我想知道他自己的看法。

时至今日,不得不在噪声之类压抑环境中工作的用健康换工资的人类,早已被机器人替代。而剩下的些许底层工作者,也难以支付心理医生的高额费用。这种前一时代的工作压力咨询,我还是头一次体验。虽然有些良心上的不安,但我也在为自己的骗人伎俩积累经验。

"我的感受……很难说清,就算不保密我也说不清楚,没人说话的时候,感觉这里寂寞得要发疯。"

他的声音呈中年男性,或许比我还要再大上一点,给人一种熟悉的亲切感。虽然在腹诽这是一个怎么样的计划,但我还是尽我所能安抚他。

"不要放弃,"我确信自己的口气充满着能鼓舞人心的力量,"你要知道你马上就可以离开这里,这一切都只是暂时的。"

"我并不知道自己在这里待了多久了……"他有些烦躁的反驳道,"这里并没有能计算时间的工具,我感觉我就一直凝固在半空中,想要移动自己也不太困难……我要疯了!"

"冷静,冷静。"察觉到他的情绪激动了起来,我的脑子飞快地转着,"可能这是一场故障,外面的人也在积极地营救你——"

"这是场实验!"

他打断了我,似乎意识到话说多了,他马上停下了。我们之间有一阵短暂的沉默,他才开口说道,"对不起,太久没人和我说话了。"

"你是*先驱者*。"我顿了顿说道,"出于协议,我无权过问你现在正在参与到什么实验当中,但是我想告诉你,如果害怕的话就说出来吧。

"虽然不能改变现状,但是如果你把你的害怕告诉我,我希望我的理解和安慰会不会让你好受一点。"

"我很害怕。

"虽然我是自愿参加这个项目的,可是真正来到这个地方的时候还是感到害怕。"

"嗯,我知道。"他的语调就像受了委屈的孩子在撒娇一样,可能这是他真实的一面吧,似乎听到了我的话让他好受了一些。我向他建议道:"想想你的亲人,会不会让你好受一点。"

"亲……人……?"他的声音像是被什么干扰了,但还是能听出他的茫然。

噪音加大了起来。

"不要放弃。"抱着可能他会听到的希望,我说。

电话被挂断了。

三 恍惚

医生这个行当,一直都是越老越吃香,我们心理医生也不例外。

我年轻的时候主攻的方向是两性关系,可能早就在众人的叙述中把我自己的感情消磨殆尽了,能一眼看透别人的感情,但是却看不透厌倦了自己选择出轨的妻子。现在年过四十,和我的爱女相依为命。

我入这个行业纯属偶然,在上大学的时候为了充实自己去上了第二专业，虽然一系列与数学有关的科目把我搅得晕头转向，但是由此也伸出了兴趣，等毕业之后，索性考了心理咨询资质证书，正儿八经地当起了主业。我的女儿对这行业也兴趣盎然，可是我却有些担忧，每次和她说起她都辩解道："爸，我也不是真的对做心理咨询感兴趣，就是想从当中寻找点小说的素材。"

"你……"我无奈地嗔怪了她一句，"你不会又偷偷翻过爸爸的东西了吧？"

她嘻嘻笑着不接我的话，我就知道她肯定是偷偷翻过了。"其他的也就算了，爸爸放在保险柜里的你不要尝试去拿，那些东西很要紧的。"

她不以为然地扁了扁嘴："那些放在外面的又没什么劲爆的素材，都是些鸡毛蒜皮的事情。"

"那些事情还能给你看啊。"我看了看手表，一点半刚过一点，"好了你赶紧出去了，爸爸要工作了。"

她磨磨蹭蹭的不肯走，狡黠的眼神流连在我和那个保险柜之间，我也按兵不动等着她，磨了一阵她摆出不情愿的表情走了出去，"砰"一下重重地关上了门。

我打开门目送着她离开的背影，回到室内打开了保险柜。从中取出一台录音机，这并不是什么高科技产物，而是出于个人兴趣收藏的上个时代的制品。正因为不接入如今无处不在的网络，因而更让人放心。

我拨动几个按键，录音缓缓播放起来。起初不明的噪音听着让人很不舒服,但是一会儿之后,什么声音都消失了,静得让人有些惶惶,一个略带磁性的声音在耳机那头开口道。

"你好,医生。"

我并没有听下去,而是按下暂停,打开手机。距离那次莫名的心理咨询已经过去一整天了,而那条通话记录却彻底从手机消失了。

那个被我记下的电话号成了空号,去调查也并没任何线索。那晚的办公室录像中,只有我一人独坐在那里很久,根本没有什么穿皮鞋的公务员,电梯的运行记录也从未显示在零点的时候运载过成人体重的生物。

我联系那位老朋友,但他也对雇佣方一无所知。收到钱的过程也很莫名——女儿莫名收到一篇很久之前退稿小说的稿费,数额令人吃惊,而又和之前告知我的金额如出一辙。女儿一直纠缠着我问到底出了什么事情,但是我自己一头雾水,对于什么科研项目、异空间探索之类的追查更是毫无踪迹。

除了我的录音,再也没什么 laika 曾经存在过的证明了。

四 人道

没有任何科研事故或者新闻的两个月之后,我约见了警察。虽然证据只有 laika 痛苦和迷惘的录音，但警察仍然同意与我在办公室会面，了解相关案情。

我抱着录音机焦虑地等待着警察的到来，而推开门的却是那位机器人"公务员"。

"我们又见面了。"

它用富有磁性的声音说。

再醒过来的时候，我躺在一个充斥着仪器的空间里。仿生机器人站在我的旁边，不耐烦地踢着什么，发出了很不规律的噪音。

"我确实约见了警察，你们这样做，只会使得自己陷入困境而已。"我舔了舔干得有些发裂的嘴唇，平静地抗议道，"你们秘密进行这样不人道的实验……"

"不，我们没有进行不人道的实验。"

仿生机器人一下停止下来。自动门缓缓打开，一个白大褂走了进来。

"你……"

电话铃响了，是我的。而且是那个我搜寻了许久的号码。

"接吧。"

白大褂用不置可否的口气说道。

我按下了接通键。这次依旧看不到图像，只能听到他粗重的喘息声。

"你好?"我尝试着说了一声。

"你是医生吗?"还是同样的声音,但是这次明显比上次焦虑了很多。"是我,我是心理医生。"我带着狐疑的目光看向白大褂。

"我尝试自杀过很多次,"他的声音变得高亢了起来,"在我还没找到我的女儿之前,不,我不应该自杀的,我要找到她!"

女儿?

之前他从未和我提起过他还有个女儿,我接着这个话题向他说道:"是的,你还有个女儿,请冷静下来。"

"我的女儿……她也消失在这个……里……"对面似乎传来了他低沉的啜泣的声音。嘈杂的声音巨大,让他的语言显得很破碎。

"你来到这里就是为了寻找她的吗?"我问道。

"是的,没错,我的女儿,哦,我可怜的女儿,可能早就被这里撕碎了吧……"

"你还感觉这里是很压抑的吗?"

"之前是,一团漆黑,可是现在慢慢亮了起来,有一团光正在接近我,我不知道被这团光接触了会怎么样,我很害怕……"

"现在似乎什么都能看见,可是我还是没看到我的女儿。"

"我觉得我快要分崩离析了……你们谁能够救救我,

我觉得我存在在两个空间之间的空间……"

声音戛然而止。

我攥得手心里都是冷汗,室内的灯光亮了起来有一些刺眼,我疲惫地闭上了眼。

"这通电话是什么意思?"

"我们没有进行不人道的实验,因为我们的实验对象根本就不是人类。"白大褂口气生硬得和身边的那个机器人也没什么区别了,"现在,李教授,你没有什么问题了吧。"

"那他的女儿……?"

"是这样的,我们给他先是灌输了普通人的记忆,可是带着这样记忆的他没过多久就快要临近崩溃了,所以我们在听取了你的意见之后,删掉了之前的记忆,给他加上了女儿的这部分记忆。"

"听取了我的意见……"

"事实证明,有了对亲人的思念之后抗压能力确实能够突破之前的数值,这和我们用机器测算出的结果不一样。"

"我们还能再给你一笔钱。"这是我眼前完全变黑之前最后听到的话。

五 牺牲

从那之后,我时常被噩梦惊醒,醒来时犹记得那人绝望的呼喊，休养了一段时间，我的女儿也心疼我时常陪伴在我身边才让我恢复过来，不过人因此也有些懒散了起来，不愿再去处理一些伤神的案例。

两年后我接到了一封邀请函，说是一个雕塑的落成仪式，我无意去参加，刚准备丢给我的学生时，里面那个项目的内容却吸引了我。

L计划。

我现在依然对这个名称记忆犹新，于是把邀请函收了下来，准备去参加那个雕塑的落成仪式。

当天是个晴空万里的好日子，我被邀请到前排观礼。前面说了些什么我都不记得了，我就想知道在那块幕布之下，那个男人，到底在那里是怎样的一个状态。

研究所所长揭开了幕布，雕塑是一个没有脸的人像，紧紧地靠在一个仪器旁边。

事后我曾详细了解过，那个本来在其他实验项目里的机器人，在实验过程中误入到了c虫洞，然后在那个虫洞里坚持了两年，才彻底失去了讯息。

这次的意义在于，这个机器人是高度仿真人类型机器人，在整个与外界隔绝的过程中测试它能坚持多久，而它也不辱使命，坚持了几乎两年。

我旁边站着的是举荐我的老兄，我叹了口气，"我接触到它的时候它已经几乎要崩溃了。"我小声地说了一句，他听到了，低着头嘟囔了一句，"那都是给外人看的啊……谁知道它是什么时候快不行的呢?"

我看向了雕像,这雕像可能还原了它在虫洞里的状态,它怀抱着记录仪,思念着它的女儿。哪怕他可能自己也知道,女儿只是个虚假的记忆。

我也是刽子手中的一员。

"我们命名这座雕像为光荣的莱卡,它为我们在宇宙航空事业中作出了巨大的贡献……"

故事贩卖机

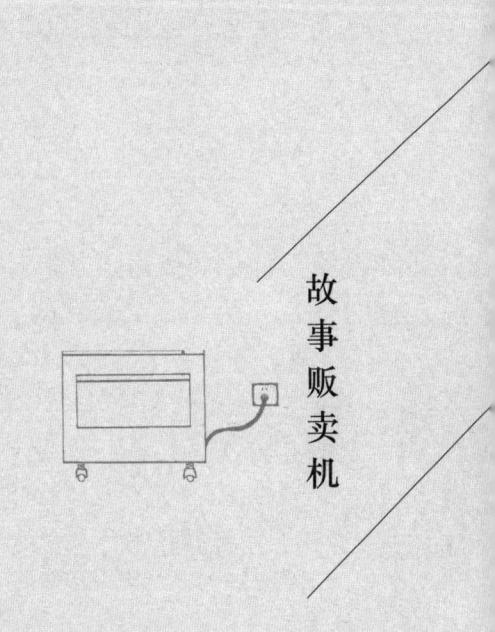

故事贩卖机

曹艾琳

一

少女呆滞地坐在床边,看着病床上纹丝不动的老人,倘若无视不断在吐息间呈现在面罩上的细微雾气,他已经和死人无异了。

"时间到了,**"

通讯传达到她脑海中的声音在少女听来有些急躁。她已经能够通过口气读懂人类的感情了。作为新时代的机器人,这不过是稀松平常的功能。

她按照《章程》中的预案,对着病房的监控做出了"抱歉003表情"。但通讯中操作员的声音似乎更加急躁和颤抖了。

"执行吧。"

她点了点头,轻呼一口气,慢慢地弯下身,用纤细的手指缓缓推动了针筒。

老人的眼角滑下了几滴泪,她轻轻帮他拂去。凝视着他安详的面容。

"执行完毕,预计三分钟后生效。"
"你也会产生人的感情吗?"

通讯里的声音松了口气,用玩笑的口气向她说道。她并不理睬,目光依旧停留在老人身上。

"我可以,拥抱他吗?"

得到了许可之后,她俯下身去抱住老人的头,她感觉他的头颅反而在她的怀抱中炙热了起来,几乎就要灼烧她,围绕在她耳边的是老人的咒骂。

"对不起……"

她沙哑的声音从喉咙里挤出来似的,这是她后面无数个夜晚想要讲出来的话语,她放下了他的头,看着他扭曲的面容慢慢舒展开。

是我杀了他。

二

"强制休眠状态,解除。"

在视觉系统完全启动之前，她默默地完成着系统启动的自检。

定位系统……故障。

通讯系统……故障。

仿生系统……部分故障。

在她睁开眼睛的刹那，柔和的白光涌入了她的眼睛，她眨了眨眼睛，星星还未完全隐在天幕之后，晨光熹微。

她想站起来，但很显然，她的双腿也在此次的故障范围内，只要微微移动，自检的报警声就提示她需要维修。

"你醒了！"

有个音调奇怪而又欢快的电子音从她的身下传来。

根据她的数据库，这声音应当是上世代的机器人的语音。但基于数据库中的《机器人实用礼仪百科》，她还是问：

"你是谁？"

"别紧张别紧张，这里是垃圾场，昨天晚上，有个手忙脚乱的人把你……"

她想起来了，昨天是机器人公休日，她也难得休息一次。但在采购回来的路上，遭遇了车祸。因为太过偏僻，监控过少，恐怕警备中心也没能发现。肇事者可能是认出了她身上的制服，害怕承担责任而驱车将她带到了某个处理淘汰机器的垃圾场。

"你的损坏程度怎么样？"那奇妙的电子音问她。

"不太好。"她皱了皱眉，性能极强的她在瞬间就完成了自己身体状况的复查，与其说是不太好，倒不如说是糟透了。

必须想到办法快回到"那里"才行。不继续工作的话……但是这样的身体已经意味着自己马上就要死亡……

如此思考的时候，脑海中却出现了杂音。

"记忆模块也受到损伤了吗？"她艰难地翻过身，在身下的积水中看到了自己的倒影——仿照人类制作的清秀面容上有一道极其可怖的伤痕。

打破了沉默的是那个奇妙的声音。

"那个，你好。虽然这种状况下自我介绍不太合适，但是也没什么好做的是吧。"它顿了顿，"我是一个自动故事贩卖机，你是什么类型的机器人啊？"

故事贩卖机器人，这种东西，就连是数据库异常丰富的她也知之甚少，听说是三十年前的老旧类型了，基于初级人工智能上生产出的文化类产品，大多数都被如此随处可见的虚拟世界游戏机替代。它们曾经到底是如何工作的，她并不清楚。

"我应该算是，刽子手型的。"她难得开起了玩笑，却听见身下的大机器居然有些颤抖，不禁笑了，"你就庆幸吧，我要现在还能行动自如的话，你可能已经被我砸烂了。"

"不可能，你是穿着制服的人型机器人，负责杀人的机器人也会做成人类的外表，然后穿着制服吗？"

这话莫名刺痛了她的心，使得她冷淡了下来。

"我在医院工作，职责是，临终处理。"

"临终？那是……"

"那些无法给自己亲人判死刑的人，在签署了相关协议之后，便由我来为那些病人安乐死。这似乎并不是什么能放在明面上进行的生意，但似乎也不愁销路。"

她叹了口气。

"就算穿着制服，我们和刽子手又有什么区别呢？"

身下的机器沉默了，似乎是在用上个世代的电脑思考着她话中的意义。

"不对，"机器非常笃定地说道，"如果你能坦然地接受这份工作，为什么讲出来的时候还是那么悲伤呢？"

她睁大了眼睛，听着机器把话说了下去。

"你是一个很精致的机器人，你的手垂在我的感应处的上方，我能感觉到你的体温和掌纹，几乎和真人一模一样了。"

她苦笑："正因为我是个精细的机器人，因此装置了感情系统，除了能感受到人类的感情之外，我还能学习模仿人类的情感，如果感受不到悲伤和绝望的话，也就没有痛苦了……"

"真羡慕你啊，如果我也能装一些高级的配件，说不定就不会被淘汰了……"

机器有些惆怅地说："我最想要的就是轮子，有了轮子就可以跑东跑西，让每个人都能读到我写的故事。"

"你能够和人类一样写故事吗？"她有些惊讶，基于对数据库的解读，她以为它不过是个推销机器人。

"我自我介绍的时候可是说了，我是自动故事贩卖机，只要你把手放在我的感应区，我就可以根据你现在的心情写出故事。然后打印在信笺纸上交到你的手中。"

她觉得这个老式机器人正在兴奋地抖动，伴随着四周废弃零件的震颤。

她艰难地转过身，成功看到了它的样子，是一个巨大的，自动洗衣机一样的机器。而它的腹腔，看似是用来操作的控制台，她正躺在上面。

"有些积水，不好意思。设计出来的时候有些纰漏，人家也想要防雨棚啊！"有些变色的屏幕上露出一个非常古旧动画中的粉红猪的哭脸。

"不说这个了，你快把手按上来吧！"

哭脸立刻变成笑脸。

"对机器人也能，生效吗？"

"我想，应该可以吧，你几乎和人类没有区别了……"

"那现在，你会告诉我怎样的故事？"她小心翼翼地伸出了手。

"让我想想……想到了！"屏幕上冥思苦想的猪脸又

变成了笑脸,"讲个短一点的吧,曾经有个机器人,她和人类几乎一模一样,但是人们还是说她没有心,但是什么是心?她不知道,她和不同的人接触,为了找到她的心……"

"……"她叹了口气,"我大概明白你的工作模式了,就是把那些老掉牙的正能量故事通过计算形成模板,然后生成适合用户的故事……"

"嘘——"

屏幕上的猪脸戴上了头盔,显得严肃起来。与此同时,整个垃圾场都躁动了起来,无数的机器人说起了话。

"都安静!"贩卖机没有说话,而是发出一段机器人才能识别的电波。

瞬间,整个垃圾场又恢复到之前的平静。

她有些好奇。

"这是怎么了?"

"拾荒者来了。"它压低声音对她说,"你得立即进入休眠状态……不然被他们发现,就会被拆解掉还在正常运作的部位,你懂吧,对于机器人来说,那就意味着……死亡。"

"可是我没办法移动……如果被看到。"不知为何,原本觉得自己已经马上就会丧失机能的她却产生了对于死亡的抗拒。

"没事,我有个外壳,平时为了保护我的感应器。"屏幕上的粉红猪笑了笑，露出一个"值得信赖"的表情，然后降下一个布满锈迹的外壳将她笼罩在了其中。

"谢……"

"快！"

她也听到了脚步声，没有什么时间犹豫，她马上切断了自己的电源。

三

艾琳坐在了沙发上，出神地看着自己手中的咖啡，热气袅袅。她抬起头，看着雨幕被隔绝在了窗外，雨打在窗上发出闷响。

"我的妹妹那年得了重病。"她突然听到旁边的人的声音，转头去看他，他还没老到一直躺在病床上，头发有些灰白的他穿着针织毛衣陷在沙发里，看着窗外的雨有些怅然若失。

"我们全家愿意倾家荡产给她治病，可是她不愿意，她想要自杀，但是没能成功，成了植物人。"

她的茶匙重重地碰了一下杯壁。

"对不起。"她很轻地说了一声，可是那人对此并不在意，依旧用淡淡的口味叙述道，"是我签的字，是我把她安乐死的，父母做出这个决定几乎悲痛到晕厥过去，可是总要有人做出决定。"

她低着头不忍心听下去,两个人之间似乎只剩下了雨声。

"我看到她流下了眼泪。"他拿下眼镜揉了揉眼睛。

过了许久,等咖啡都要凉透的时候,她喝了一口,"哥哥。"

男人看向了她,她也抬头朝他微笑道:"如果有一天哥哥也躺在病床上,请让我成为那个做出决断的人吧。"

那之后……

……

四

"强制休眠状态,解除。"

定位系统……故障。

通讯系统……故障。

仿生系统……部分故障。

记忆模块……错误代码 0x800f081f。

这到底是什么时候的记忆?

"哥哥"是谁?

她的第一次"杀人",竟然是……

休眠状态解除了,金属外壳已经没有了,不断有雨滴声打在她的身上。微微一动,她便发现自己的肘关节被拆解了。

下雨了,这意味着她没有得到处理的破损的仿生部位会加剧恶化。但这还不是最让她头痛的,显然困扰着她的是这段因为头脑损伤出现在她脑内的混乱部分。

不仅是突然出现的这部分记忆,在自检的时候碰触到了一块被上锁的区域。

不能访问的领域。怎么可能……

破解它。她对着自己的系统下达命令,她现在迫切地想要知道,被夺去的到底是什么。她依然还在运作着的精密的计算系统告诉她,这部分会和她的身世有着极大关系,她并不是被作为刽子手被生产出来的……

她不敢想下去了。

"喂……你还好吗……还能说话吗……"

底下传来颤颤巍巍的声音,她"嗯"了一声。"记忆模块好像出现了一点问题,没事。"

"刚刚拾荒的人在你身边逗留了很久,这个铁盖子这么多年都逃过了,今天居然也被拆走了,抱歉,我没办法阻止他们拆走你身上的零件……"

"没事……"她摇了摇头,"为什么你们看到拾荒者那么害怕?"

"也不是害怕……"贩卖机似乎有些害怕。

这时候他们身边的垃圾堆里传出了哭声。

"不要哭了，下次说不定就能被拆走点什么了……听我的，不要哭了。"

故事贩卖机安慰那个已经锈蚀的看不出模样的闹钟机器人。没想到，这种已经在近三十年资料库中检索不到的机器人也装备了哭的功能啊，她想。

"可是拾荒的人都来了三拨了，我还是没被捡走，呜呜。"

"但是不能气馁啊，你想，如果不被捡走或者拆走点什么，你一辈子只能待在这里生锈，就像我一样，所以一定要抱有希望。"

她听到那句"像我一样"心中咯噔了一下，等那个太阳能闹钟机器人不哭了以后，故事贩卖机略带歉意地对她说道："这孩子，没来两天，有些不适应。"屏幕上的猪脸也有些沮丧。

"你在这里多少年了？"

故事贩卖机沉默了一下，然后用欢快的声音回答道："今年正好是第十年。我已经是个十周年的垃圾啦。"

可能是怕听到她安慰的话，它先安慰起她来。

"除了写故事，我只不过是块废铁。外面的机器人，我也经常看到，拾荒者们也经常用，那都是轻量化的人形机器人。我这样的，恐怕垃圾回收都看不上，但是你是不一样的！我们这些被淘汰的世代，如果能被捡走继续发挥余热就很好了，但是你一定得好好回收，最好回到自己原本的生活，不能被那些拾荒的人糟蹋了。"

说着它似乎有点不好意思，"我刚刚让你进入休眠，就是怕你万一被拾荒者拆了哪里疼到了，或者心里难受，不亲眼看到那一幕总会觉得好受一些。"

"嗯。你真是个很好的……机器人。"

她感觉说这句话很无力，她的系统正在攻击那个被限制的领域，高度的负荷使得躯体已经残破的她感受到了极强的痛感，但她仍在咬牙坚持着，那个被禁止的地方似乎出现了一道裂缝，有什么东西像是要从那里倾泻出来——

"你怎么了？"故事贩卖机似乎察觉到了她的异样，有些担忧地问道。"没什么。"

她怕自己卸了力气，之前的努力就会白费。

记忆模块读取……错误代码 0x800f081f。

记忆模块读取……错误代码 0x800c0005。

记忆模块读取……错误代码 0x8020002e。

记忆模块读取成功。

一瞬间，如同瀑布一样的信息流涌进了她的脑海。如同每次学习新知识一样，但这次，是关于她的故事。

她叫作艾琳。不，应该是"艾琳"。

关怀机器人，那是因为某种人道或者不人道的法案的提出，而被制造出来的，是代替死者安慰生者的人偶。

她是被"哥哥"制造出来的、和他妹妹一模一样的机器人。

她陪伴着主人度过了漫长的时光,最后遵照主人的遗愿,成为了陪伴那些临死的人的机器人。

但是本应能够获得公民权的她,却因为其特殊的人工智能——对于死的决断,而通过种种手段被抓获,删除了之前的记忆,成为了现在的刽子手。

她终于明白了,为什么医院给她设立了不能离开那里的标准。

没有温馨的陪伴,她带给病人的,就是死神一样的影子。

"我希望你啊,能陪在那些人的身边,至少在他们死前能够像现在这样,紧紧地握着他们的手,这样就足够了。"

"哥哥,为什么,会变成这样……"

五

"你哭了。真的没事吗?"

"是,而我没办法擦眼泪。"

贩卖机沉默了,她的肘关节受损,现在连抬起手揉揉眼睛都做不到。绝望几乎把她吞没了,她无数次为自己做的事情愧疚，但是现在告诉她这些事情都不是真的，为什么会有那么操蛋的事？"哥哥"赋予她的高端电子大脑在一瞬间就谋划出了数十种报复计划。

"我要离开这里。"

她喃喃道。

"不，我必须离开这里。"

"你有没有什么能够离开这里的……"刚问出口，她就后悔了。虽然对多了数十年记忆的她来说，已经过去了十年，但是对于在这里度过了漫长而孤独的十年的故事贩卖机来说，她不过刚刚听过它的故事。

"如果你真的想离开，可以试试，等待下一次拾荒者……"

这个过程很慢而且没什么保证，她心想，她现在一刻都消灭不了她心中的怒火，她的内心叫嚣着要去复仇，她想要把这些天所有的悲痛与麻木都发泄在那些人身上。如果依靠着拾荒者，她也存在着被解体的可能性。

人类，是没办法相信的生物。

无论是那些拐卖她、欺骗她让她去杀人的那些人也好，还是那些装作面色沉重、不得不放弃亲人生命的那些人也好。

她突然有了个主意。

"故事贩卖机，你可以把求救的信息打印在纸上，顺着风传出去吗？"

"不太现实,虽然风够大可能吹掉两张,但是保不齐会被当作垃圾,更多的都会堆积在出口那里。"

"不试试怎么知道,我这样的机器人越晚修理可能问题越大……"

"从刚才开始,你为什么突然就想要离开了,明明是自杀的怎么现在……"

"……为什么,你知道?"

"把你搬来的人嘟囔了几句,说你是故意往他车上撞的。"故事贩卖机小声说了一句,"我听了你说自己的职业,也觉得有这可能。推测,是作家的本能。"

"本来我是想求死的,"她笑了笑,"我厌倦了这样的生活,也不知道因为什么狗屁协议我不能被废弃,所以我想自杀算了。"

"现在我发现了他们在我的前主人死了以后,私自锁了我之前的记忆,把我变成了为他们服务的机器人,呵呵,我的主人希望我能关心那些临终的病人,那些人倒好,把我改造成了刽子手!把责任甩给机器人,我现在恨不得把那些人千刀万剐!"

"要不我帮你找一点在困境里的故事,给你一点启发?"故事贩卖机好心地说道,"我现在有 10368 个搜索结果……"

"你帮不了我的。"她闭着眼睛计算着其他离开的方法。

"我觉得我也帮得上忙啊,那么多故事当中总有你用得上的……"

"请你闭嘴吧,你那些都什么年代的故事啊,而且我需要的不是给人的故事,而是给我这种机器人的故事。"

"叮。我们从美国总统林肯的故事开始吧,他曾经多次失败……"

"……"

这个故事贩卖机不屈不挠地给她讲了三天三夜,直到下雨了才停下来。在这期间,从老鹰褪去羽毛重生的故事,讲到完整的叶子的故事,然后还讲到了禅师关于满足的人生哲理。

"下雨了……等一下。"

它意犹未尽地暂停了一下,机身的温度突然变热了,她的耳边传来了隆隆的响声。

"你干吗啊……"她这段时间被它的朗读搞的有些精神衰弱,突然感觉到自己的身上覆盖了薄薄的什么,"在你的身上盖一点打印纸。至少可以遮挡一点,以前还好,现在有时候会下酸雨,我一开始不知道还被腐蚀掉了一块。哎,如果那群混蛋没有拆走我的遮挡盖就好了。"

说这些的时候,她发现自己的皮肤有些叮咬一样的疼痛,然后这样的雨点越来越密集,薄薄的纸根本挡不住,她有些害怕了。

"有点疼，稍微坚持一下，马上就可以覆盖住你的全身了。"故事贩卖机大声鼓励着她，"这雨一般会持续三四天，不稍微遮掩一下的话就麻烦了。"

污染如此之重的地方，它屹立在这里十年了。她想，它会觉得痛吗？

周围细小的悲鸣汇聚在了一起，被腐蚀之后的白烟飘向了黑的如同墨汁泼过一样的天空。她微微活动了一下左手，然后下定了决心，努力往旁边翻了一下身，刚刚在她身上像是结成了网一样的纸瞬间在她的动作下被扯烂了。

"你在干什么？"故事贩卖机生气了，屏幕上的猪脸涨得通红。

"我想死。"她比刚才还要狼狈，脸几乎埋在了一堆机械垃圾里，刺鼻的气味让她几乎喘不过气来，"与其被腐蚀的不像样地活着，还不如死在这里，我也不会拖累你。"

"我之前的故事都是白讲的吗？在困境中不能放弃……"

"我们，是机器！"她打断了它，"虽然你有学习系统和语音系统，虽然我有人形，但是我们不是人，我们只是像人的机器啊！"

打印的声音戛然而止了。这样只有雨声的世界让她听着有点发慌。她极力呼喊它让它保护好自己，但是她的呼喊没有任何回应，可是她依旧能感觉到故事贩卖机还在运作着，它的机箱持续发出异样的运转的声音。

三天过去了，雨还是没有停。

今天似乎更冷了，风声从耳边呼啸而过，她又疼又冷，酸雨已经把她背上的拟态的皮肤侵蚀得差不多了，那些冰冷的液体全部钻入了她精巧的身体里，像虫子一样啃食着哥哥亲手为她制作的零件，很快她就是不再具有任何使命的人了，或许就这样死去也挺好的。

她心想，想着今天要不要和那个故事贩卖机搭话，它没那么聒噪的时候反而让人觉得很不安。

突然她听到身边突然爆发出来非常强烈的嘈杂的声音，就像它用尽全身力气在运转一样。"你怎么了？"她问它。

"我今天要告诉你，最后一个关于困境的故事。这可是我能想出来的最帅的故事。"

屏幕上的猪脸又戴上了头盔，显得一副很帅的样子。

紧接着而来的就是疯狂打印的声音，她一下有些愣住了。"这样会堆在出口那里的吧，这不是还是你说的吗！"

"对，所以我要告诉你的最后一个故事就是奇迹！"

"无论如何都不能放弃！奇迹是一定会发生的！"

"快停下！不要做这种无用功了……"

她想尽一点力量爬起来去阻止它，可是她根本使不上劲，像她这样的机器人都动不了，更何况是它？她的心已经完全被揪起来了，可是它还在疯狂地打印着什么。

"这些够了不用再打印了……"她看不见,光听到这个声音就让她有些受不了。

"这些还远远不够,飘出去的不一定有人会看见,所以只有让越来越多的打印纸飞出这里被人捡到,才有可能。"

它一边说着,一边竖起了洗衣机一样的身躯两边的手——那与其说是手,不如说是锈蚀的铁棍,早已经被岁月消磨得不像样子。

"你要干什么?"

"这双曾经为我递给读者稿纸的可爱双手,早就废弃了,没想到还能动。真是太不可思议了。"

"你不会是要……"

"让开。"

屏幕上的猪脸笑了笑,两只铁棍巧妙的绕过她的身躯,狠狠地砸在了贩卖机打印出口上,一遍一遍地来回往复运动。

啪擦——

啪擦——

啪擦——

残酷的金属碰撞的声音,惹得四周躲避酸雨的还能出声的机器人都哭了起来。

她的脸被打印纸覆盖着,眼泪却还在不断地涌出来。

"住手啊!"

"设计我的家伙真不够浪漫啊,居然没想到我还有充当宣传机器的一天。不过还好，石油王的故事告诉我们，一切都得凭借自己的双手。"

啪擦啪擦啪擦——

金属撞击的声音，稿纸四散的声音和沉闷的打印机运作的声音夹杂在一起，成为了她一直无法忘却的回忆。

等警车的警笛声由远及近，故事贩卖机终于停了下来。

躺在担架上的她终于能够看见贩卖机的全貌——那是比她想象中还要庞大的身躯，有着虽然锈蚀，但仍和管风琴一样别致的外壳，以及被砸烂的宛如一张大嘴的打印出口。

在已经变色的屏幕上，显示着满头大汗的猪脸。它挥着两只铁棍向她告别。

"我说吧，奇迹一定会发生的。"

六

奇迹发生了。

她的记忆被修复和读取，以破坏机器人法的罪名，"医院"里的医生们都被逮捕，而她也得以获得了"艾琳"的公民权，可以堂堂正正地生活。

但是这个奇迹并没有发生在故事贩卖机的身上。

等她完全修复完毕之后，她去了垃圾场，那个带给她奇迹的古董机器，现在真的像个垃圾了。

他的面板已经完全腐蚀透了，能量也耗尽，屏幕不再有可爱的小猪。在发动奇迹的时候他应该已经打完了所有的纸，可是隐隐约约的，她似乎还看到一张纸卡在出口那里。

她用了些力气才把它从机器里扯出来。

那上面并不是她已经看腻了看哭了无数次的"救救她"，而是一个故事。

一个，可能很烂俗，但是催人眼泪的故事。

她噙着泪水读完，又笑着摸了摸它的屏幕。"我是有名字的啊，我叫艾琳，还有……"她慢慢地蹲下来，把手放在故事贩卖机上，"我可是一个天才机械师的妹妹。奇迹一定会发生的，不是吗？"

七

***

无名少女和故事贩卖机

她是躺在废墟里的无名的少女，我是一个老型号的故事贩卖机。

刚到冬天的时候,当我还是一如既往地躺在这个垃圾场的时候,突然一个新的"垃圾"扔在了我的身上,她是个很像人的机器人。

我知道她是看不上我的故事的,可是在这个失去了生机的垃圾场,无聊可以让一个机器发疯。

有很多被废弃的机器在这里,从希望重新被人捡起到绝望,绝望了以后就什么声音都没有了,我的身边往往就充斥着死亡般的寂静。

她是自杀的,她对刽子手的使命感到绝望,可是我不明白,能活着已经很好了,为什么她会绝望呢?

我是不会绝望的,我想要带着她离开这里。

我在垃圾堆里找了两个轮子安在我笨重的身体下面,顶着少女的身体,离开了垃圾场,离开了这个让她感到绝望的城市,我们一路在路上飞驰,我没有别的想法,只想带她去个一辈子都会有太阳的地方,这样我就能一直醒着,可以像童话故事里的骑士一样守护在她身边。

最后我们来到了海边定居了下来,一直幸福地生活了下去。这就是原本是刽子手的机器少女和老古董的故事贩卖机之间的故事。

***

好人审判

好人审判

曹艾琳

一

李光明小心翼翼地避开网页上那些闪动的澳门赌场的广告，点了某个标题，对话框突然就跳了出来。

看着卡住的页面，李光明颓丧地扔掉鼠标，自暴自弃地长按电源键，电脑并没有如他期望那样关上，那个对话框就执拗地留在了最中间。

李光明这才发现，不是他点到了广告卡住了，这次的对话框很明显和之前不一样。他凑近屏幕，仔细看了看对话框里的内容。

通知

兹定今日起,世间所有好人都将消失于此世,特此通知。

爱你们的上帝

作为背景的网站里,美女鲜活的胴体还在眼前抖动着,眼神撩人,对话露骨。接下来会有充值画面跳出来吗?只要充了998不仅可以救自己,还可以救美女,这难道是什么新的骗钱套路吗?

李光明嗤笑了一声,毫不犹豫地点了右上角的叉,对话框和黄网一起消失了,屏幕上一片漆黑。

他恨恨地骂了一句,强制关机在这时候竟然又生效了,这就意味着他还要等十来分钟才能等到这老爷机重新开起来,真是辜负这大好春光。李光明踢了一脚机箱,趁着它缓慢启动的时候去买瓶可乐,他踩着底都烂光了的拖鞋慢慢悠悠地下楼。

他下楼的时候,宿管王大爷正凑在垃圾桶边上瞅着,李光明心里腹诽着这宿舍楼下明明已经有个回收废品的破纸箱了,可老王还是在这垃圾桶旁边转悠。

老王看到他热情地和他打了招呼:"出去啊?上次帮我wifi搞得挺好的,你这小伙子人挺好的。"

李光明听到最后一句就觉得气不顺,今天是怎么了?哪儿都能听到这词。

"好人有什么好的,好人都是用来发好人卡的。"他自嘲地嘟囔了一句,也没指望老王能听懂。老王也笑呵呵地回答:"你们年轻人的词儿我也听不懂,但是好人卡不是挺好的吗,说明你是个好人啊!"

他走到自动贩卖机前,苦笑了一下,我都是好人了,出来两听也好啊。

"咚"的一声,只有一听滚了下来。

李光明拉开拉环猛喝了一口,却因为眼角余光瞥到的熟悉身影狠呛了一下,猛烈地咳嗽了两声,饮料洒了自己一身,有的还从鼻孔里喷了出来。

他的动静实在是太大了,那人便注意到了他,和同行的女生发出了低低的笑声。

这真是幸,又是不幸。

"李光明,怎么每次看到你都那么蠢呀?"

那人笑吟吟地打量着他。

看着她,刚停下咳嗽的李光明又结巴了起来。

"赵……赵缪,那个,让你看笑话了。"

赵缪是他们系为数不多的女生之一,凭良心说,赵缪并不是顶尖的美人坯子,但是她小巧的娃娃脸和如同高中生一般的打扮都为她加分不少,总是穿着熨得极为工整的衬衫和格子裙——男生总是会多看她两眼。

"我说,你裤子穿反了,不赶快回去换一下吗?"

赵缪一脸冷淡，埋头玩起了手机。

"我……"

李光明感觉自己的脸已经烧起来了，他窘迫地低着头奔回了宿舍。虽然知道赵缪根本没看着他狼狈地逃跑，但是他还是尴尬得要死。

"天呐，她肯定觉得我很傻……"

他一边折腾着自己的裤子，一边偷偷地朝楼下站着的赵缪看去。

说来也巧，玩着手机的赵缪突然抬头，露出了笑容。李光明心里一惊，下意识往窗帘后面躲了躲。却又忍不住留出一丝空隙悄悄往外看，同院的钱帅走出了楼，亲密地搂着赵缪，而女神也露出了娇嗔一般的笑容靠在男生的怀里。

李光明拉上了窗帘，倒在了床上。

钱帅哪里都比我好，就连名字都比我强。老师每次点名念到这名字，台下就会传来压抑的轻笑，这令他很苦恼却又无可奈何，想要改名的念头无数次盘桓在他的心头，但是最后都还是作罢了。

光改名字，又有什么用呢？

叫李黑暗也好，叫李帅也好，都没办法改善这个乏善可陈的自己。

他觉得自己心里空荡荡的，是因为今天那个莫名其妙的好人的缘故吗？他躺在床上每深吸一口气，就觉得那

"好人"二字,慢慢地填充着自己。

什么样的人才算是好人?我这样的人也能算吗?

一个夏日的午后,平凡的大学生李光明躺在床上睡着了,只是他没想到,这只是个开始。

二

李光明不知道自己是什么时候睡着的,不知道是谁拉开了窗帘,白光晃了他的眼。空中似乎飘洒着柳絮,白茫茫的,一下子又点了他的愁绪。

他站到窗边,打开窗探头往下看。

天空中飘的是不知道什么动物的绒毛。

地上是一摊血肉模糊的东西。

他捂着嘴往后退了一步,手机突然传来了刺耳的提示音。

好人,请准备好从这个世界消失。倒计时十二小时。

无论怎么删除,关机,把电话卡拿掉,重置手机,这条信息都还留存着。

并且落款始终都是两个字体独特的大字。

上帝

开什么玩笑!

"咚咚咚——"

愣在那里的李光明突然听到了敲门声，吓了他一大跳。

"诶，小李，别发呆了。快，帮我个忙，我一大早收到一条短信，看半天看不清，你帮我看看呗。"

王大爷把自己的小手机递了过来。

"这也真奇怪，今天怎么这么多孩子都不在，你们这个点儿都有课吗？被子还不叠好……"

"嗯，大爷，我帮你看看。"

李光明接过了手机，果不其然看到了相似的内容。

好人，请准备好从这个世界消失，倒计时三小时。

下面的小字写着：

发送时间　6:30

发送人　上帝

"大爷，这……"

李光明不知道该怎么给这个驽钝的大爷解释这条短信，因为现在他自己也陷入到了混乱之中。

他的嘴翕动了几次，然后挤出了一个很勉强的笑容。

"这是垃圾短信，不用……"

他看着还凑在他身边看手机的大爷，像是粉末一样，慢慢消散在了空气中。

时间正正好好九点半，一分不多一分不少。

他茫然地握着大爷的手机，回看这个空荡荡的寝室。

这些人是不在寝室？还是消失了？

他打了一个寒战。

李光明发现自己醒得太晚,这个话题已经在各大网站上面变成了一个现象级的话题,光是在中国就已经在短短的三小时内消失了一亿人。各种言论甚嚣尘上,阴谋论、救赎论、净化论,什么说法都有,每个分析都有板有眼,政治家们则把这个矛头直指现在威胁世界的恐怖分子,而大大小小的恐怖分子也在不亦乐乎地认领。

全特么乱套了。

此刻他正躲在厕所里,用自己的破手机刷着微博和那些新闻App,想从不断更新的各种消息中看出一丝不消失的办法。

直到刷无可刷,一分钟前的消息变成了三分钟前,再变成了五分钟前。

时间像是凝固在了五分钟前,似乎是在酝酿一个更大的风暴。

李光明躲在厕所的隔间里,看着屏幕上的字晕染开来,他才发现,自己不知不觉地落下泪来。

他不敢打电话去确认父母的状况,老实巴交的他们安稳地生活在小县城里,是最符合好人标准的。

这种人的生死根本没有人会关心,那自己呢?自己的生死会有人关心吗?

他想到了室友,立马拨通最好的哥们儿的电话。

电话很快就接通了。

"你还活着?"

那哥们儿诧异的一声问话,让他感觉还未完全拭去的泪变得苦涩了起来。

他勉强从喉咙里挤出了一声"嗯",瞬间摁断了电话。

我也不想当个好人啊?为什么会是我!为什么要消失的人……偏偏是我!

这时他的手机突然震动了一下,他看着那简短的两行字屏住了呼吸。

每个字他都懂,但是他有点不明白是什么意思。

他点进去看了,内容大概是有个人干了坏事,随即收到了取消好人资格的短信。

截图上面是标准的"上帝"落款,内容是:"你已被取消好人资格,留下吧。"

这……还说取消就取消?

对于这个把人命当儿戏的"上帝",李光明觉得恶心至极。

"反正现在做坏事也不怎么会被谴责了。"

那人这么写道。

"我把我们家隔壁邻居的猫从五楼扔了下去。"

这条消息不是最新的,看这微博的截图,时间显示的还是一个小时之前。

李光明突然想到了什么,奔回到了窗边往下看。

他只看了一眼就恶心地"哇"地一下吐了出来。

李光明重新回到了厕所里,他碰翻了还剩半瓶的消毒水,这刺鼻的气味才能遮掉已经蔓延开来的尸臭。

我做不到的,他摇了摇头,宿舍区里的流浪猫估计应该是死绝了,根本轮不到他。

那么,去杀人怎么样?

他想起了自己的水果刀,穿透人的皮肤,最后穿透人的心脏。

那个目标在他的心中逐渐清晰了起来。

钱帅已经死了。

他的身上挨了很多刀,李光明看着那些交错的伤口,还有刚刚新划出来的。一个院的男生,可能还不止,此时此刻对他的怨恨完全爆发出来了,不能不让人胆寒。

这样的测试,会把好人也逼成坏人的。

李光明把自己的刀扔到了垃圾桶里。

他在校园里漫无目的地走着,有些担心赵缪,钱帅一个大老爷们儿都没能幸免于难,更不要说娇娇弱弱的赵缪。

事实证明他是多虑了,等他在食堂里找到赵缪的时候,院里的大部分男生都在,还包括他的两个室友,簇拥着小小的赵缪。

赵缪扫了他一眼:"钱帅呢?"

她问话的口气漫不经心,不像是很在乎的样子,旁边的男生起哄道:"不会被你杀了吧!"

"是啊是啊,你不知道李光明那时候看钱帅的眼神,很吓人的。"

"肯定是被他杀掉了……"

李光明没被激怒,他浑不在意地坐在离那个圆阵外面的地方。"你们都被取消好人资格了?"

他说完了之后那群人就安静了下来。"我没被取消资格,到底是谁杀的,很明确了吧。"

那群人还没说话,赵缪先动怒了。"李光明,你这话什么意思?"

李光明又站了起来。"我说就是你杀的。"

"李光明,你……"

李光明已经走远了,赵缪只得悻悻然住了口。

三

李光明不想当个好人,也不想行恶。

他是个很平庸的人,直到此刻他发现自己比自己想象的,可能要更平庸一些。

所有人内心的蠢蠢欲动的想法都在这时候涌了出来,赵缪就以为和男生待在一块很安全吗?那些人不过是叮在腐肉上的苍蝇,院里男生单独的群里现在正污言秽语不断，想要玷污赵缪的念头已经在大家脑中膨胀了起来。

可是他发现自己并没有这种想法，一开始一丁点儿想要杀钱帅的想法，也被可怜所取代。

是了，这可能就是他的"恶"，换到平时哪有让他可怜钱帅的份儿，这嫉妒带给他了一点愉悦。这一点点恶似乎并不能构成坏人，这一点嫉妒属于人之常情吧，所以他也一直没收到取消好人资格的短信。

剩下的，能和恶稍微搭上一点边的，也就只有那件事。

也凑巧，他正好就看到了那个女生。

叶婳看到他也停下了脚步，两个人是从一个地方考过来的，李光明对她不是很熟悉也不是很陌生。

她的眼圈红红的，似乎前不久刚哭过。

李光明踌躇了一番。"你……打电话回去过了吗？"

叶婳点了点头，只是这个动作就让她的泪又从眼眶里流下来了。"打了……他们都已经……"

光是这句话她已经说得泣不成声了，然后她扶了扶眼镜。"我也快了。"

叶婳的装扮还没脱离小县城的土气，来这里上学不过就是换了副眼镜。李光明看着她心里特别不好受。"要不我陪你去做个什么坏事吧。"

她摇了摇头说："父母都不在了……我活着也没什么意思了。"

然后她看向了李光明。"你也没被取消资格吧？"

85

她这口气让他想起了那件事。

半年前的老友会上，叶姵被男生们起哄灌了很多酒，整个人走出小饭店的时候已经摇摇欲坠了。

男生都起哄着要去搀她，她却很执意地点他的名。

因为是一个高中的，李光明对她的点名并未在意，不过就是陪着走回寝室一小段，他也觉得很正常。

"李光明你啊，就和高中一样，老实过头了。"

连土包子叶姵，也这么说他。

他的心里像是窝了一团邪火，被老实这个词撩拨了起来。

等把叶姵扔到了校外小旅馆的床上，他的心跳才真正地快了起来。他做了违背人设的事情。

这种事他从未做过，看着床上熟睡的少女，虽然不时髦但是对于他来说也是个诱惑。

男生间流传的东西他也不是没看过，虽然有几分忐忑，但是他自信不会做得太差。

他的手已经伸到了叶姵的胸前，要替她拨开胸前的纽扣。

这一步真的做了，就会是个开始。

如果他真的做了，叶姵会怎么办？

按她的性格，只要稍微威胁一下她，她肯定就不敢把这事声张出去，毕竟是她先喝醉的，给了他乘虚而入的机会。

可是一想到她朴素的隐忍的样子，整天会用小心翼翼的眼神打量着他，他"光明"的形象可能不会受到什么影响，只有一个人知道他黑暗的这一面。

这个假设突然就让他不忍了起来。

他在床的另一边坐了一宿，一开始还在想这样的事情，后来索性放空了，什么都不想。

"那天把我送到宾馆的是李光明你吧，谢谢你。"

叶婳醒来了以后发现房间里空无一人，也没什么人留下纸条。

"你喝醉了，再加上你们寝室已经关门了，所以我就给你开了个房间。"

"其实……我是有点喜欢你的，如果那天晚上你强推了我，我也……"

叶婳摇了摇头，没有说下去。

李光明心中有些淡淡的遗憾，嘴上说的还是，"这种坏事不能做……"

他突然感到了无聊，如果叶婳此时怀疑他的用心也比感谢来得痛快。

他的心拧成了麻花，似乎有个声音要咆哮出声。

我根本不是好人！

只要证明我不是好人，我什么都愿意做！

只不过为时已晚。

他眼前的叶婳正在慢慢消失，他看向了自己的双手，它们已经在慢慢地趋于透明。

这场好人审判终于要结束了。

他的内心反而在此刻平静了下来,叶婳对他伸出了手,他没有握住,反而紧紧抱住了她。

两个人相视一笑,都闭上了眼睛。

尾声

李光明再次醒过来的时候,躺在一片全白的空间里。

叶婳也在,王大爷也在。

还有许多面面相觑的陌生人。

"诸位,欢迎来到诺亚方舟。"

有一个穿着文化衫的老头飘在半空中,那文化衫上印着四个大字"我是上帝"。

"根据我的计算,地球马上就要毁灭了。我特意搞出了这么一个好人审判,就是为了把你们接到这艘船上来。"

"但是这仅仅是个开始,这艘船其实不过是一个幻境,你们的人数过多,想要真正抵达新大陆,你们就必须在这艘船上活下来才行。"

"现在开始吧,真正的审判开始了。"

逃离

逃离

曹艾琳

一

"你应该为此感到荣幸。"

炫目的白光,直直地照进我被强行撑开的眼窝里,仿佛灼烧着我的眼球。

不……

我低低地呻吟了一声,这种痛苦比我想象的还要难捱,我发酸的眼睛不断分泌出液体。

"你在流泪吗?"

有人在用悲悯的口气问我,我使劲摇了摇头,也就在那一刻,我像是被解开了所有束缚。

我毫不迟疑地从椅子上一跃而起,大声地吼道。

"我后悔了!"

我睁开眼,透明的点滴顺着细溜的管子平稳地往下滑动着,我下意识抓着管子往外拔了一下,右手上传来了突如其来的疼痛,甚至还在微微抽搐。

我马上停止了动作,但疼痛依然提醒着我刚刚那一刻的莽撞。我抓着手腕坐了起来。这是个由光屏组成的房间,似乎因为我的醒来,六块光屏发出了柔和的昏黄的光。

这是哪儿?我看着自己略显苍白的胳膊,有一些不适应,好像这副身体不是我的,这个房间似乎都能比这副身体来的更亲切一些——

我突然就想起来这里是哪里了。

罗贝塔监狱。

"绝缘体"是我立马想到的另外一个词,我趴在地上,抚摸着地上的光屏,才感觉到这件事情里最诡异的地方。

我一个普通人,怎么会被关押在机器人的监狱里?

"你醒了。"床正对面的光屏闪烁了一下,出现了一张男人的脸。

"马上会打开一个通道,径直走过去就行了。"他停顿了一下,警告道,"不需要用电击推着你过去吧?"

我点了点头,他的脸慢慢升了起来,确切地说是那块光屏升了起来,后面出现了一条通道。

"通过时间仅有 20 秒，20，19，18……"

我的身体在听到读秒的时候就动了起来。读秒结束的时候，我跌跌撞撞地在指定位置停下，与此同时，一道光屏在我的身后缓缓落下。

落下。

我感觉自己胸腔几乎要炸裂了，眼前像是蒙上了一片黑雾。我不禁瘫在地上，大口喘息着。

"你还好吗，年轻人？"

枯槁的声音从另外一边传来。

我抬头，看着一个像枯树一样的老人靠在另外一边墙上，面无表情地盯着我。

二

定睛一看，我才发现，那并非一位老人。他的颓态不是年龄造成的。他身上枯萎的皮肤散发出焦煳味。

那是死亡的味道。

光屏合上之后，房间里的光不断变换，最终定格下来，照亮了这间牢房。这里再普通不过，千篇一律的铁窗铁门。当我看着铁门愣神的时候，门上突然掀起小口，一个小铁盆从外面扔了进来，在地上弹了两下。

我这时才想起我的盐水，往右手上看去，手背上有个青色的肿块,还留着个针口,但是针头和盐水袋却不翼而飞了。

我甩了甩头,挪过去看了看铁盆里的一小碟机油和两块电池。

"他们为什么不直接供给能源?"我忖度着这个问题,脑中却如同有一个告示板一样,一条通告般的声音在我脑海中闪过:

> ……罗贝塔机器人监狱起先使用直接供给的方式确保机器人囚犯的能源供应,但是随着***号事件,有***台机器人通过引爆能源供给线路的方式发起暴动后,就以传统人类监狱的方式分发能源供给……

这是什么?我被突然出现在脑子里的声音打乱了思绪,却发现那人已经盯着我很久了。我决定暂且不想了,先把能源配给捧到那台宛如风中残烛的机器人面前。

"你先吃,我……"

我既说不出我吃你剩下的这句话,又不能骗自己说不饿,于是我目光炯炯地看向他,希望他快点动口能掩饰一下我的窘迫。

"我也是人。"

他开口的声音就像是破旧机房里的空调,发出嗡嗡的嘈杂的声音。

"人，什么人？"

我装傻。

他没搭理我，在口袋里窸窸窣窣地摸索了一会儿，掏出了一个柱形的物体，朝我晃了晃。

"掰一块。"他说。

是压缩饼干。我充满感激地掰了一小块，缩在角落里啃了起来。我抬头看他的时候却发现他并没吃，手托着那坨饼干不知道在想些什么。

我大着胆子问道："您不吃吗？"

他摇了摇头："没什么胃口。"然后如同枯枝一般的手像是在寒风中晃了晃，"你不够还可以再吃啊。"

我摆了摆手，坐在离他有些远的地方细细地观察着他，他皲裂的皮肤露出诡异的红色，这可能就是刑讯手段，我接下来可能会面对的东西。

"这是用来审问仿生机器人的仪器。"他感受到我的目光，努力对我挤出了一个笑，但是他残缺不齐的牙使他的笑看上去阴森森的。

"说出来你可能不信，我今年才32岁。"

32岁？他看上去都像一个憔悴的老人了。

"我一开始死不认罪，他们就用对付仿生机器人的射线照我，现在我承认了，待遇倒好了不少。"

"你吃的饼干，就是他们给的。"

"但是这不就是不合理的地方吗?"我不禁反问道,"如果你吃了饼干,不就证明你是人而不是仿生人了吗?"

"哎,现在仿生人条件也好啦。"他拿起铁盆里的电池掂了掂,"仿生人也不仅仅吃电池,他们也要吃牛排、喝红酒,整法国大餐。"

他把电池扔回盆里,发出"咚"的一声,"你光会吃有什么用!"

"现在我想明白了,要我顶罪的人是要把我往死里整。"

他一边说着,一边把自己的压缩饼干扔到了盆里。"人进了这个地方就是死路一条!我所有的饼干都在这儿了,你这两天省着点吃。"

"那你呢?"我心里想着可能他被判的是死刑,这几天就是行刑的时间了。

"我估计快不行了,这两天不想吃不想喝,睡觉也睡不太着。"

他突然敞开了衣服,他的前胸就像缺水的沟壑一样,干裂的裂纹触目惊心。而他毫不在意地用狠劲儿挠着,在他的胸前又挠出一道道血痕。

他怜悯地看着我惊恐的眼神,又把衣服拉上。

"睡吧,你胡思乱想也没什么用。"他背对着我躺了下来,好像真的睡着了。我小心翼翼地把铁盆拖了过来,把那个压缩饼干揣进了兜里。

他突然发出桀桀的怪笑声，我看着他许久，可是他的姿势没变过，可能是做梦了吧。

三

醒来的时候，我下意识摸了摸兜里的饼干，还在。

我松了口气翻了个身，那个固定的位置上却没人了，取而代之的是墙上一行血字。

我死了，因为你！

我闭上眼睛，得在脑子里把这血迹擦得干干净净再睁开来，那行字并没有消失。

我的心跳得很快，挨过去摸了摸光屏，不是蘸着血写的，只是光屏上打出来这么一行字，可能这是为了逼迫我就范的一种手段。

可是我对我到底干了什么一点头绪都没有。

"喂！你们不负责地打出这行字，总归要跟我讲一下我犯了什么事吧！"

我在房间里吼了一句，既然有心要逼迫我，告诉我犯了什么事总行吧。那面墙又一次转化为光屏，发出细微的响声，过了一会儿一行字出现在了屏幕上。

他给上司的仿生机器人顶罪，他的上司告诉他，就算他进了罗贝塔监狱，只要证明自己不是仿生人，就可以从里面无罪释放。

"那和我又有什么关系？我是那个上司还是那个仿生人？"

光屏没有回应我，它重又变回了普通的墙面。

这背后似乎还在酝酿着什么，它就像在同我进行一场游戏一样，并不想把答案直接告诉我，而是要我自己去推断答案。

我有预感，肯定还会再有人来。

果然，在我靠着墙胡思乱想的时候，光屏突然打开，有个人嗷嗷叫着闯了进来，刚进来他身后的光屏就突然合上了，他对着墙一阵猛锤。

我想分他点饼干的念头很快就咽下了——他的小腿血迹斑斑，被削去皮肉的地方露出了支架而不是骨头。

他锤累了猛地转过身，我以为他看到我会吓一跳，但是他看都没看我，径直拿出铁盆里的电池嘎嘣嘎嘣嚼了起来，把机油一饮而尽。我从没看过这样补充能源的机器人。

他似乎还是觉得不够，狠狠踢了一脚铁盆，那铁盆在熄灭的光屏上一弹，蹦到我身上。

"哇！"

我惨叫了一声，这时他好像才发现我的存在。

"对不起对不起。"他马上走了过来把铁盆放好扶住我，看着我的表情从一开始的抱歉变成了惊讶，接下来转换成一种狂喜。

"是你!"他叫道。

果然是和我有那么点关系的。

"你好?"我努力让我的表情看起来不那么茫然。

很快他就失望了。

"你什么都不记得了?"他靠在角落,用期盼的眼神看着我。我赶紧摇摇头,"除了这里是罗贝塔监狱,我什么都记不起来了。"

他的目光渐渐透出了一股阴冷,我想要站起来逃跑,可是四面都是墙,他不给我这样的机会。

他一把掐住了我的脖子,把我按倒在了地上。

"你要……干什么?你好歹告诉我干了什么啊!"

我扳着他的手,但是敌不过他的愤怒。

"你这个叛徒!为什么没去死!"

叛徒这个词紧紧地锁着我的喉咙,我背叛了谁,这时候我又想起了"我死了,因为你"那行红色的字,他们的不幸都是因为我的背叛吗?

我放弃了抵抗——事实上也无法抵抗,机器人的握力大到令人恐怖的程度,我的喉咙都要被拧碎了,窒息的感觉慢慢从脖子攀咬上来。

如果是因为背叛,那我罪有应得。

到我渐渐快没有呼吸的时候,狱卒才闯进来把他击倒在地。

我咳嗽着爬了起来,几个狱卒鱼贯而出,但是有一个在离开之前看了我一眼。

他戴着面具,我并不能看清他的脸。

他给我丢了两瓶水就离开了。

有水有饼干,我几乎不算狼狈地度过了两天。两天之后,狱卒押着我出了牢房。

这一切终究是要来了吗?我拖沓着脚步想着。

但是他们带着我来到一个像演播厅的地方,无数摄像机对着中心的舞台,一瞬间,我对这舞台还产生了一丝熟稔的感觉。

两个狱卒紧紧挨着我坐着,似乎观众并不多,观众席里都是三个一组分布着,一共就十来组,像水痘似的,发的不多但就是让人心里发慌。

很快就有人被带上了舞台,每个被拧着胳膊的人基本上都已经被摧残得露出了机械的部位,在中间站定的人最甚,她没了一条腿,被人架到舞台中央重重地扔下。

我转头不忍心看。"转回去。"旁边的狱卒命令道,他的呼吸通过面罩上的呼吸装置被放大了无数倍。

"早知道如此,何必当初呢。"连我都听出他话中淡淡的无奈,我就不明白了,这一切到底关我什么事了,一个两个都和我打哑谜似的。

我刚想开口问身边的狱卒,宣读开始了。这几个仿生人跑到某高中,杀了师生数十人,属于这些年情节非常恶劣的。

这应该是当场判死刑,我也不知道为什么会对这些能有判断,但我就是这么想的。

"A22。"

监狱长突然点了我的名字,我被旁边两个狱卒提了起来。

"你有什么看法?"

我还能有什么看法……我……

在我还没有开口之前,那个跪在最当中的仿生人,突然站起来,朝我扔过来一个东西。

我被砸中了,倒下去的时候,在视线范围内看到了一只机械手。

我一下子什么都明白了。

四

"你难道不想为你的母亲复仇吗?"

"哎,你整天复仇来复仇去的,有意思吗?"

我是看守重犯区的狱卒,这是个闲差儿,现在社会上已经没什么犯罪情形重到要关在这里的仿生人了,所以当初我在学校拼命表现,终于被选进了 A 区。

少女因为杀了她的亲姐姐被关进了这里。我负责看守她。

"有意思啊。"

少女的脖子、双臂、腰肢、双腿、双脚都有着镣铐，她被吊在牢房里，但是还有闲心和我聊天。

"我父母看着我一部分一部分被机械化的时候从来没哭过，但是姐姐因为一次月考掉了名次，被机械化了双脚两个人就痛哭流涕。"

"这下好了，他们不会有烦恼了。"

老实说我很难相信外面的学校是这么残酷的，只要考试不利，身上就会有一部分变成机械。

她的全身上下散发着金属的光泽，我听说现在有些条件的仿生人都会选择植入人造皮。

"可是我的母亲确实是做错了，她那时候就不该选择非法代孕。"

我的母亲就是这座罗贝塔监狱的犯人之一，我虽然是人，但是我的母亲却是仿生人，监狱里也曾经想把我们调换一个身份送到普通福利院，但是很快就被揭露了，到最后无法，就在监狱里办了一所学校，把我们当作新一代的狱卒培养。

"仿生人想拥有儿女虽然可以领养，但是价格非常昂贵，想有个孩子又有什么错？"

"你到底想干什么？"

"我想要你放我走，我想变回人。"

五

我们两个都是人,但都不如仿生人。

我不是没有考虑过放走她的后果,可我还是宁愿放走她。没有足够的钱,她想再换回人类器官几乎是不可能,但是能多一种可能性总是好的。

我按照她的指示给了她一截电线,那是给机器人供能源的主线路,她攥在手里输入程式,能量瞬间就超负荷了。监狱陷入失控。

等监狱警报响起的时候,她解除了所有的控制,看向了我。

她笑了笑。

"我怕疼。"我想发挥我尴尬的幽默感。

我向后退了一步,但还是晚了一步,她拔下了自己的一只手,砸在了我头上。正正好。

我倒在了地上,昏迷过去之前顺着金属地板听到的是四周忙乱的脚步声。

六

我本来和这一切无关。

可能就是调回普通区吧。

再睁开眼时我又看到了灼热的白光,果然是又躺在了这里。

"怎么样,A22?"

"这一切都是不人道的……吧?"我深吸了一口气,又把这句话说了一遍,"这一切都是不人道的。"

那个懒洋洋的声音僵住了。

或许她觉得那就是让她变回人的方式吧,她杀回了高中,杀了很多学生和老师,把其中一个老师的头割了下来绑在旗杆上升了起来。

那就是那个负责把他们机械化的老师。

我看着新闻想象着这样的场景,也体会到了一丝畅快。

于是在新闻发布会的时候突然脱口而出:"我觉得这一切都是不人道的!"

就因为这句话,引发了仿生人暴动。罗贝塔监狱的礼堂里大量的喧闹、打击、金属与肢体破碎的声音充斥着我的大脑。

最终整个事件演变成了社会事件,大量的仿生人被杀、被捕。她因此成为性质最恶劣的机器人罪犯。

我呢?

我依稀记得我不仅说了一句,我还说了好多句。就像过去的纪录片,一个皮肤并不是烧得发黑的自然人不断在台上演讲。

我说我不后悔,我说我有一个梦想,希望没有人的区

虚拟朋友

曹艾琳

一

我打开门,熏人的酒气扑面而来,电视机开着,屏幕一闪一闪的。

"周旭你大爷的,你再来我这儿我就要收你一半电费了。"

我开灯,甩掉了鞋子直接走进这个一居室,踢了踢他的腿,"你的拖鞋不是在鞋柜里吗?别穿我的。"

他跷起腿,眯着眼睛看了半天粉红色 Hello Kitty 的拖鞋,对我傻笑了两声。我拿起茶几上的酒瓶子晃了晃,里面已经所剩无几了。"你别摔了,我还要拿回去给我家老爷子当个收藏的。"

"你就不能回家喝酒吗？反正你们家老头子又不会说你。"我放下瓶子在他旁边坐了下来，顺手拿了遥控器换起了频道。

"他是不会说我喝酒，但是他也见不得我在家里邋里邋遢的呀。"

消息进来的提示音一声接着一声，他懒得理，我佯装要去拿的时候他摆了摆手，我过生日送他的手表闪闪发亮。

"拿吧拿吧，帮我回了也行，估计就是琛哥了。"

琛哥是我们俩初中同学，信息一向发得特别啰嗦，听到是他我就把手就缩了回来。"得了，是他我就不看了，回起来没完没了。"

"等会儿我请你吃饭。"他把烟盒掏了出来，在我的注视下又放了回去。

"我才不吃你这顿饭呢，搞不好能吃上三个小时。"

老实说，我现在已经有些后悔把钥匙给周旭一把了，当初从我妈那里搬出来租了这么一个小房间，给他钥匙的时候我还是信誓旦旦的："以后有什么事到我这里来，反正我对你也没什么兴趣。"这才没到两个月我已经开始烦他了，无非就是些和女朋友吵架的鸡毛蒜皮的小事，非得在我这儿诉说半天，可怜我个没谈过的，一天到晚就在帮他分忧这种事情。

"我和小摩羯这次……分手了。"

我心下一跳，也就跳了那么下，然后就没什么波澜了。他不喜欢我我是知道的，不然同学了那么多年他什么表示都没有，朋友之间这种微妙的平衡我也不想去打破。我看了看他的朋友圈，忽视那些游戏截图，直接点进了他刚刚分享的那首歌。

"觥筹交错，时光如梭，迷失自我……"

"别放了，"说着，他抿了抿嘴唇，满脸的无奈，"我就想听听你分享的什么歌。"我并没有停下的意思，因为我知道这个时候我说什么都抵不上我放个歌。

他终还是忍不住了："我出去抽根烟。"他毫不迟疑地站了起来，把拖鞋留在了我的脚边，自顾自地出门走了。过了会儿我的手机响了，是他发的信息："我开车出去兜兜风。"

我索性穿上鞋子也出门站在过道上，站在他刚刚吸烟的那个窗口，打开手机看着自己刚刚下载的那个 App，连图标都还是施工中的一个简陋的图案。

点开之后显示的是——

朋友数量：1（真实朋友）

请问你需要购买朋友吗？

二

这件事还要从今天我下班之后说起。

也许是天气开始转暖了,街上发小广告的机器人开始多了起来,本来就不宽的街道,左边是停得整整齐齐的悬浮车,右边净是亮着花花绿绿屏幕的机器人,人都只能侧着过。我好不容易护着我的包挤过了这一段,终于舒了口气,一个穿着黑西服的人又抢到了我面前,有什么东西递到了我面前。

黑色手环,合成人。

我看见他的手就清楚,他是那种有着人类外表的机器人。

"不感兴趣。"我不耐烦拨开那只手,在他还没开口之前就继续往前走了。

"你不需要朋友吗?"

这句话让我一愣,不是推销房子,也不是游泳健身,我听到一个从未听到过的推销内容,我转头看他,他见我似乎起了兴趣,说得更起劲了,"我觉得你看上去就像是没有朋友的人!"

要是有空我肯定举报这个公司!

我果断地转身就走,他在后面穷追不舍,并且忙不迭地纠正着他的说法。

"不不,我不是那个意思,女士!现在在城市里这也是个很正常的现象,所以我们才会做一个那样的App满足现在年轻人的需求。"

"我现在的需求就是你别跟着我就可以了,我不感兴趣。"

"我们这些是不需要钱的，甚至还会给你钱，因为这个项目还在开发中，还需要志愿者加入其中。"

我停下了脚步。

他赶忙跑到我的面前，手腕上弹出一张电子名片。

"我们的公司就在那栋楼里，如果不打扰你的话希望你能到那儿深入了解一下。"

"看上去还挺正规的……"

我看了看个人终端检索出的结果。心想，去就去一趟吧，反正我回家也没什么事情做……

早春料峭的寒风让我打了个寒战，一个朋友是谁也是太好猜了，除了周旭还能有谁。悲哀的心情渐渐浮了上来，原来那些与我点头之交的人也没有把我视作朋友的意思，害得我每次和他们讲话还都在努力找话题，原来他们完全没有和我交朋友的意思。

周旭也是，周旭和那群人有什么区别，不过就是把我这里当成一个落脚点，找个人充当他的垃圾桶而已。在我的感觉里朋友绝不会是这个样子的。

还有就是在他们那个公司里做的那个头部扫描，肯定是和"真实朋友"这个按键有关，按这个的时候还是要慎重一点。

我签掉了文件，躺上那个机器的时候，虽然他们保证了很多次,这个机器一定没问题,但是灯暗掉的一刹那传来了震耳欲聋的声音,像是要把我直接撕碎在这个音波里,我想要尖叫,声音也淹没在了这噪音中。

这个时候我唯一想到的人就是周旭。

周旭。周旭。周旭。

我默念着他的名字,慢慢平息下来。

我看着窗外在风中摇曳的枯枝,还没有复苏的迹象。

然后我下定了决心,这一刻无论如何都要做出一些改变。

我点开了App的菜单。

三

"最近认识了很多新朋友吗?"

周旭看到我手指飞快地在手机上滑动着,好奇地问我。

"只是有几个感觉有些聊得来的人。"我有些敷衍地回答道,我的朋友圈已经不是由工作伙伴和父母组成的朋友圈了,都是名副其实的"朋友"。

"我认真问你,"周旭"哗"地一下,搁下了筷子,那只手表在座上碰撞出声,吓得我抬头看了他一眼,他的表情前所未有的严肃。"以前我们吃饭的时候你从不看手机的，现在恨不得眼睛贴在手机上看。虽然现在已经23世纪了，但……"

"哎！我跟你不是已经很熟了嘛！"我把手机倒扣在桌上，打断了他，"很多事情你已经知道了，我跟他们的话自然就多了一点。"

"你是怎么认识他们的？"周旭还是不放心地追问。

"哎呀，问那么多干什么！就是在网上认识的。"我用不耐烦的口气终结了这个话题。

当然是在那个App上认识的。

渐渐地，我的朋友已经上升到了三位数，没想到有一天我也会有那么多朋友。

对于这件事，我并没有掩饰很久，或者说，我就是想在周旭面前刻意炫耀一下。

"你疯了！"周旭听完了之后有些吃惊，更多的是难以置信，"你觉得没有朋友我可以介绍几个给你认识啊，比如大学社团里的那个……"

"我觉得你说的那些人和我聊不到一块儿去。"我直截了当地拒绝了他，"我和他们没有共同语言。"

周旭只是深深地看了我一眼，有些欲言又止。

如果不是他提到大学，我都快忘了，真正在大学里面的时候我是没有交到朋友的。

App上显示可以选择"虚拟朋友"和"现实朋友"两

种。我的账户上也有一万虚拟币,为了保险起见,还是先从虚拟朋友开始选起。

第一个选择的是一个昵称叫梦野的少女。

梦野和我一个大学室友很像,打扮得颇有偶像风格,我在寝室里也没能和她说上几句话。但是在 App 上就不一样了,支付公司实验账户上的虚拟货币之后,我们便成为了好友。和我料想的差不多,头像是可爱的自拍,每句话后面都会有可爱的颜文字。

"你会喜欢你的室友吗?"

我把这个问题抛给了她,一般和刚成为朋友的人,绝不会聊这种话题。不过,在这个 App 上,购买的"虚拟朋友"都是高精尖的人工智能,在购买成功的一刹那,就已经和操作者有如同多年的交情了——公司的宣传手册上是这么说的。

"呀,什么样的人肯定都能好好相处哒(〃'▽'〃)"

她传过来一段立体影像,可爱的小脸甜甜地对我笑了一下。

在和梦野成为朋友之后,我又购买了许多别种类型的朋友,但也许是我太不擅长与人交谈的缘故,虽然之前对周旭说了那种话,可是共同语言并不是无穷无尽的。在与海量热情的朋友的交流之中,我发现我之前的人生简直可以用乏善可陈来形容,当那些话题已经重复了一轮,工作中的琐碎已经抱怨了好几回,我的指尖和舌尖似乎都已经麻木了,张了张口,却不知道该用什么填上对话框。

"要不尝试一下一起去发展一个新的爱好?"我的一个朋友向我如此提议道。

"你懂什么?那些不过就是在浪费时间。"

我有一些不悦。那一刻我的社交软件似乎有些微微的卡顿,再点开朋友圈的时候感觉好像少了什么,但是到底少了什么我也说不上来。日复一日,那些雷同的朋友圈也让我有些味同嚼蜡。

我想尝试购买一个真实朋友,但是公司告诫我"真实朋友"处于测试阶段,不能和"虚拟朋友"同时使用。

"我决定了,我要把那些朋友都给卖掉,买一个真实朋友!"

我向周旭宣布道。

周旭和我之间最近淡了许多,也不怎么一起约饭了,我对他所有的了解都是来自朋友圈。他听完了我的话也只是淡淡地扫了我一眼说:"随便你吧。"

四

我的"真实朋友"第二天就出现了——他摁响了门铃,温文尔雅地朝我笑了笑,我下意识去看了他的手上是不是提着酒瓶子，看到的却是用报纸包着的花。"早上来你家的时候经过花店，给你带了一束花。"

他的动作很优雅，要不是手上的黑色手环，我几乎要把他当作一个自然人。

"我还以为……"

我哑然失笑，怎么会一下子想到周旭呢？那个混蛋可不会那么早出现在我家，我把他迎了进来，今天是周末，他很自然地留下来陪我做了家务，只是当我们停下来在沙发边坐下时，他突然间就沉默了，捧着手中的咖啡不知道在想些什么。

"你想说什么？"我直接问道。

"感觉在这个时候，你往往都在听周旭讲自己的情事，而根据对你的分析，你是不愿意听这样的事情的，所以……"他有些遗憾地耸了耸肩，"我现在不知道该讲些什么。"

"什么嘛，真实朋友也不过如此嘛。"

对着表情有些轻蔑的我，他露出了抱歉的神情。"毕竟你只有一个朋友嘛。真实朋友是要用现实中的一个朋友来换的。"

"啪"。

我的咖啡洒在了周旭天天躺着的地毯上，那上面无论怎么洗都有酒味，如今肯定是要报废了。

"为什么，你们把周旭怎么了？"

我问他。

"我们抽取了他的记忆,以及他对你的情感,这才有了我。"他正坐在周旭经常躺着的地方,用和周旭绝不相似的优雅语气说着残酷的台词,"而这项技术并不是完美的,被抽取记忆的人会有可能丢失记忆。而他就是丢失了记忆。所以你失去了他,但是换来了我。"

"你们凭什么拿他做实验,他可是我的朋友。"我从没给人这么说过,但是这次说出来的时候却无比的顺畅。

"您在签署协议的时候已经说过了,您同意该实验对您关系亲密的人之外造成的任何影响。且该结果可以由公司负担。"他站了起来,语气变成了恭敬的业务员口气。

"可是周旭是我的朋友。"

"根据扫描您的脑波显示,您并不把他当作朋友。"他说。

"……那为什么,我的 App 上会显示他是我唯一的朋友?"

"因为他把您当作朋友。我们在您身上设置了感应器。"他微笑着,"而且在我们抽取他的记忆时,他是这么说的。"

微笑着的"真实朋友"伸出了手,黑色手环里投射出周旭的影像。

"这个实验我知道有风险,但是如果是为了你的话。我觉得也没什么所谓,反正即使我记不住你了,我们也很快能再成为朋友。等到那个时候希望你能好好珍惜我啊,哈哈哈哈。"

熟悉的腔调，熟悉的眼神。

我哭了，哭得声嘶力竭。

我觉得我错得无可救药，真的如同我俩一起看过的烂俗电视剧一样，我是多依赖周旭。

他有好多好多缺点，但是也有数不尽的优点，无数无聊的时光都是他陪着我打发的。

"你怎么哭了？"他问我。我用衣袖擦了擦眼眶说："没什么，只是感叹，这就是朋友啊。"

看着脚上粉色的 Hello Kitty 拖鞋，我想我得把周旭找回来，然后教会他穿柜子里留给他的那双拖鞋。

五

我联系不上周旭。很快我就意识到了，这个计划还没结束。如果想见到周旭这个"实验内成员"，按照事前签订的协议，我得付一大笔钱。不过我不在乎。

虽然天色已经晚了，我还是驱车赶往了那栋大楼。穿过曲折的长廊，走进了放有那台机器的房间，周围的白大褂惊愕地看着我。

"我以前错了，我嫌我唯一的朋友烦。但是失去了他之后我才知道，正因为麻烦才是朋友啊。"

我站在房间中间自顾自地讲述，所有人都骚动了起来。

"他讲他失恋的事情，但是同时也听了很多我的烦恼。

"虽然他经常上我家喝酒，但是他也知道我非常喜欢吃糖，总是变着花样给我带糖，哦对了……还给我买了个电动牙刷。

"虽然他不擅长家务，但是当初置备橱柜的时候，都是他帮我扛上四楼的。

"所以，能不能把周旭还给我。"

"啪啪啪"。

很突兀地响起了掌声。在我泪眼蒙眬的视线里，一扇门在我面前缓缓打开，无数个穿着白大褂的人拥着一个人坐着，这个人不是周旭是谁？

"实验计划提前结束！一切都很完美！你口中的周旭，就是我们这次实验的终极产品，真正能让人感受到'友情'的机器人。"为首的人骄傲地说。

"不可能！那我怎么可能会有和他在一起的记忆？"

"我们在扫描你的记忆的同时把这个虚假的记忆植入进去了。"

"开什么玩笑啊！结果你们用这虚假的记忆就能测试出友情来？"

"像你这样的人，会有朋友吗？"他露出了轻蔑的笑容,"我们扫描了你的大脑,并没有找到你的朋友,你毫无疑问会是这次测试我们产品的最佳人选。怎么样?有缺陷的人反而更棒吧?我们已经重新给他灌注记忆了哦,只需要花一笔公道的价钱就能永远获得他。"

他走近了周旭,周旭看向了我。"你们放开我,我是她的朋友。"

周旭一下子从椅子上站起来,一拳砸向一旁的研究员。

在一片慌乱之中,他拉着我的手冲出了大楼。

"我们现在去哪里?"我问他。

"这群人像疯子一样,我们先回家吧。"他拉我进了车里,定位到我出租屋的地点。"你要不先休息会儿?到了我叫你。"

已经哭了一天的我昏昏沉沉地靠在了他的肩膀上,他身上是我熟悉的味道,真好……

他对我的感叹轻轻地"嗯"了一声,这一刻比当初他第一次和我搭话还美妙。

还记得那时候,他在楼下大声喊着我的名字,我打开窗往下看,他骑在自行车上扬着一个塑料袋喊:"我给你带作业啦。"

我迷迷糊糊地睁开了眼睛,原来梦到那个事情了啊,挽着他胳膊的手紧了紧,但是却感觉从他身上传来一种麻麻的感觉,就像是手机振动一样,我笑了笑,在他口袋的位置乱摸。"谁给你发消息呀?我要偷看。"

他按住了我的手说:"没什么,是手表,刚掉了。"

我"哦"了一声,却不经意地从他怀里抬起了头,看见他手上黑色的手环投出一行字——"计划继续进行"。

惊喜扭蛋机

惊喜扭蛋机

李岳琏

午夜零点。

看不见的电波飞跃城市的上空,穿过徐家汇一扇尚未熄灯的窗户,里面的人正熬夜工作,目光呆滞地坐在电脑前。

"滴答"。老傅的手机收到了一条短信。

"亲爱的傅先生,祝您生日快乐。我们会为每一位寿星会员送上精选的礼物。请问您最希望获得的礼物是……"

发件人未知、没有落款,在个人信息泄露得早已漫天飞舞的时代,这样的短信已见怪不怪了。不知又是哪家曾经消费过的场所,是真的好心赠送生日礼物吗?不存在的,这一切又是建立在未来细数不清的利益之上。

不过今天，好歹是自己的生日，既然收到了问候，老傅决定配合地回复一下。

"礼物吗？给我个惊喜吧"。

一

早上七点。

老傅正皱着眉头坐在电脑桌前。

过个生日恰好赶上了截稿日期，必须把这个月要交的稿件写完才能出门，他甚至没有让打算一早就来给他庆祝生日的女朋友到他家来。

昨晚构思小说直至悄然入睡也想不出故事情节，此刻的他，正在枯竭的思路和截止日期的压迫中痛苦地挣扎。

"您的生日礼物到了，放在门口。"突如其来的敲门声再次打断了老傅脆弱的思绪。

老傅狐疑地撕开硕大的纸盒，呈现在眼前的是一台小型扭蛋机和一小包扭蛋币。

一张纸片慢悠悠地飘到老傅眼前，上面写着：这是一台惊喜扭蛋机，蛋壳中藏有惊喜。作为寿星，您将通过首次转动卡槽激活扭蛋机，获得一个免费的惊喜。剩下的每一个扭蛋中的惊喜，您都可以使用任意扭蛋币进行相应的兑换，祝您生日快乐。

老傅想起了昨晚的短信自己好像要了一份惊喜。

"呵,真的要给我惊喜吗?那我文章写不出来了,不如给我个惊喜,让我有灵感,好歹想好应该写什么吧?"他伸出手捏住扭蛋机的转盘,一把拧到底。

卡槽发出了清脆的声音,一个扭蛋滚了出来。老傅打开了扭蛋,里面空无一物,但就在这一瞬间,微信的提示音响了起来。主管发来了一段语音,怕是开始催稿了。

"稿件收到啦,辛苦了。"

什么?收到了?可是自己……不是还没写吗?老傅匆忙回到电脑前,发现一分钟之前,自己刚刚发给了主管一篇一万字的小说。真的就这么完成了?惊喜啊!太神奇了!他看向那台扭蛋机,不由得明白了说明书上所说的生日礼物是"获得一份惊喜"的意思。

过瘾,刺激,而且摆在眼前的是满满一机器的扭蛋,这份礼物真是太棒了。

老傅重新走回扭蛋机前,再去转那个卡槽,已经转不了了。他捡起地上的纸条,这才想起第一份惊喜有"免费"一说。忍不住看向剩下的满满一箱扭蛋,里面每个蛋壳里都会有一个惊喜。想起还附赠了一袋代币,那么用来兑换,应当怎么操作?他从袋子里摸出了一枚扭蛋币,放进了卡槽,打算随便试试看。

转盘又可以顺利转到底部了,一枚扭蛋滚了出来。这一瞬间,他感到浑身轻松,想到接下来有一整天可以庆祝，想到等下会来陪伴自己的女朋友，无数不难想象的快乐场景。他取出轻飘飘的蛋，开启的一瞬间，心里念叨着："给我个好一点的生日派对吧。"

二

彩灯，气球，钢琴配乐，蓝色妖姬。

中星铂尔曼大酒店内。老傅站在硕大的自助西餐厅里，小心翼翼地抚平黑色燕尾服上几乎看不见的褶皱，昂起头望向入口耀眼的横幅，上面写着，祝傅先生生日快乐。

不远处走来了老傅大学时代的室友琨哥，猛拍了一下自己的肩膀："老傅，狮子大开口啊。这么高档的场合还邀请我来？惊喜啊惊喜！"

老傅这才回过神来，这一切真的发生得太快了。虽然现在还没弄清楚自己怎么就会这般隆重地出现在了这里，内心也早已开始欢呼咆哮感慨这惊喜扭蛋机巨大无比的威力，但为了不露出破绽，他还是极力掩饰心中的窃喜，装作波澜不惊的样子摆了摆手。

红酒，干冰，水晶酒杯，寿星宝座。

靓丽苗条的服务员端着托盘走了过来。她朝老傅笑了笑，递过香槟。托盘上放着账单本，她甜美地笑着说：

"付款成功，这是您的账单和银行卡。"

"我刚刚……付了钱？"老傅一把拿起账单本，看见自己的银行卡和五位数的账单，酒杯"啪"一声掉在地上，摔得粉碎。

"先生，这个杯子您还需要赔偿一百元……"

老傅一把拉过旁边目瞪口呆的大学室友琨哥，走向自助餐厅的大门口，焦急地问道："我刚刚付了钱？你都看见了？"

"当然啊，怎么，你失忆了？我还在想，你怎么这么大方，包下整个自助餐厅，你是不是发横财了？"琨哥差异地点了点头。

"老哥，这一顿饭可是我一个月的房租啊。如果我记得到底发生了什么，我还会付吗？"意识到问题真的有些严重，老傅从下意识地摸了摸口袋，裤兜里放着那一袋解开谜团关键的代币。

"你相信这世界上，有惊喜扭蛋机吗？"老傅压低了声音问道。踌躇很久，老傅还是决定摊牌，并把问题分析清楚。

"什么玩意？你这代币是啥？"琨哥十分摸不着头脑。

老傅迅速回到自己的"寿星宝座"上，撤下鲜花，果然那台扭蛋机被压在了下面。把说明书上的内容重新回顾了一遍后，老傅颤抖着说："我用这代币和它换惊喜，它为我安排了整场生日派对。但是现在好像……我为此付出了连我自己都不知道是什么的代价。"

"那你再拿一枚代币把刚才的代价换回来啊。代价的话，最严重的应该就是钱了吧。"仔细端详着这台几乎透明的惊喜扭蛋机，刚才那枚代币正安静地躺在那里。琨哥好心地帮老傅掏出一枚代币，放上了卡槽。"和它说呀，你要个惊喜，把损失的钱给弄回来"。

老傅闭上眼睛，咬牙切齿地想："我现在要钱，很多很多钱，比我失去得更多的钱。快，给我个惊喜。"

"慢着！别转！"琨哥突然惊慌失措地叫了起来，"这上面有字！快看！"

"迟了，我已经转了，什么意思？"老傅急忙凑上前，铁哥们正指着扭蛋机叫道："你看你第一次投进去的币，上面写着，money（金钱）。那你刚刚放上去的币，到底写着啥？"

老傅绝望地松开手，看着重力势能转化为动能带动转盘转到底部的一刹那，代币上露出的一部分一闪而过，清晰地写着：love（爱情）。

三

老傅揉了揉发疼的太阳穴，听见有人正在喊自己的名字。

他猛地喊了声"到",只见一个西装革履的年轻姑娘正凑上前关切地朝自己询问:"傅董,您怎么了?"

"傅……董?什么意思?你在叫我?"老傅声音干涩地问。

刺眼的阳光透过无比清澈的玻璃窗直接撒在了办公桌上。窗外的景色是半个黄浦江,而自己正坐在牛皮转椅上,身处摩天大楼的顶层中央。

他瞥了一眼办公桌,桌角摆放着一沓名片,上面印着自己的职位,M传媒公司执行董事。"可我不是个杂志社签约的低产作家吗?我成老板了?又是一个惊喜?"

那眼前的人就是自己的秘书了。可是自己何德何能有今天这般辉煌?

"你,去给我泡杯茶。"

支走了小秘书,老傅发疯一般开始寻找自己的惊喜扭蛋机。看见它和一袋代币正安静地躺在营业执照和荣誉证书簇拥的檀木陈列架上时,他迅速打开微信列表。

置顶聊天、星标朋友,"我最爱的老婆"这个名字,消失了。

"我用爱情换来了一大笔钱,我已经足够有钱了,是这样吗?"老傅的眼泪绝望地流了下来。他所做的这一切,辛苦撰稿赚的每一笔钱,都是希望能积攒起来给恩爱的女朋友一个幸福的未来,可是现在呢?自己竟然为了财富永远地失去了爱情?为什么会这样?

等等,"爱情"那枚代币,不是自己放上去的吧?生日宴会上发生的一切如电流般迅速掠过老傅的脑海。的确,对老傅而言,它们就像异次元旅行的上一站,清晰得仿佛只发生在几秒前。老傅瞬间想起了当时那位好心帮自己放上代币的琨哥。"对,就是他,我要杀了他!"

老傅一把打开陈列架的门,把代币乒乒乓乓倒了出来。上面还刻有各种各样的英文抽象名词,reputation(名誉)、dignity(尊严)、affection(亲情)、belief(信念)、faith(希望)、health(健康)、knowledge(知识)、time(时间)、life(生命)……甚至有一枚代币上空空如也。

原来自己竟然还有这么多可以和扭蛋机进行交易来兑换惊喜的筹码。说得残酷些,这些都是自己不可衡量而又无法挽回的即将付出的代价。至于将要换来些什么,恐怕是一个需要时间的等待、值得思考的问题。可是,好多东西自己并未拥有,兑换恐怕只能用自己身上现有的东西来操作吧。

"亲情,指的是父母吧,不行啊。生命么,谁会傻到送死?健康就算了,赌不起,赌不起。信念,希望,呵呵,别闹了行不行。"老傅想扔掉自己用不着的代币,不想看到那些写着荒唐到令人嗤之以鼻的名词。

但转念又想,既然还剩这么多扭蛋,不如痛快地尝试一番好了。

那么现在，首先要找到那个可恶的擅自放上代币让自己失去爱情的室友。

老傅把写着"time"的代币放到了扭蛋机上："给我个惊喜，我要杀人！呵呵，老子有的是时间。"

四

老傅正在把刀一点一点刺进眼前虚弱不堪的人的胸膛里。不知怎的，他觉得自己使不上力气。怎么回事？自己刚刚放上去的是"time（时间）"而不是"health（健康）"啊？

他抬起头，看见当年的大学室友琨哥正被自己死死地按在地上，但不知怎么的，他已白发苍苍，自己正掐着他枯瘦的脖子，手感其实真的不太好。"你让我失去了最珍贵的东西，你必须死！"老傅恶狠狠地说，但自己的声音好像没那么有底气。

琨哥这才明白，老傅真的因为那枚印有"love"的代币终生孤老。可是，当年的两人并不清楚扭蛋机的代价兑换规则，放错了代币，又能怪谁呢？

"一把年纪了，不好好活着，折腾什么呢。再珍贵，有时间珍贵吗？……"话音未落，鲜血喷涌而出，老傅竭尽全力拔出刀的一刹那，琨哥再也说不出话了。

"哦，原来我老了。"老傅看了看自己被血染红的皱纹横伸的手。

算了，目的达到了，失去了自己的大半辈子也没关系，好歹在生命的最后时期报了仇。这算是惊喜吗？

以往的惊喜是超乎自己想象的，希望这个别让人失望了。自己正背着一个不轻的包呢，里面一定也有惊喜。果然，老傅打开包，里面是一批上好的手枪和子弹，最底下放着自己的扭蛋机。这些军事武器自己高中的时候只在柯南里看过，唯一叫得出名字的，是一把AK47。看来之前在办公室许下的愿望是想要杀人，惊喜扭蛋机要玩真的了。

猩红的双眼用模糊的视线努力地瞄准，颤抖的双手一刻也不希望停止地按下扳机。苍老的身影背对这片繁华最后的喧嚣，开始扫荡，疯狂地扫荡。

警笛声从四面八方传来，老傅感觉自己狂乱射击的手臂有些酸痛了，这才想起人老了，体力有些吃不消。索性手一挥扔掉枪，老傅原地坐了下来。惊喜扭蛋机正安静地躺在自己的包里，他摸出装代币的口袋，费力地掏出一枚，正对着头顶耀眼的太阳。

"Affection。指的是父母吗？他们还健在吗？唉，刚想起来，我现在失去了时间。"

不行，换一枚。

"Life。生命吗？算啦，我已经老了。而且现在正在这里坐着呢,过一会儿警察来把我带走,我就要接受裁决,很快就会死了。"

算了,再换。

"Knowledge。知识吗? 有意思,试试。"在警笛声和地狱的呼唤将老傅奄奄一息的躯体淹没之际,枯瘦的手指缓慢地抚上了卡槽。

"事到如今,积攒了一辈子的知识有什么用呢? 无知者还能无畏,我现在不想死。我想先壮壮胆,其实我还想……去学那些真正有用的,然后拆穿这场惊喜扭蛋机制造的致命游戏。"

五

STEM 科学总社。

老傅坐在一个满脸不耐烦的教授面前。虽然不知道此刻的自己一秒前经历了什么,但似乎可以确定,自己已经回到了学生时代。

一片茫然之际,教授开口说道:"傅玉辰同学,请简要介绍一下你的学历。"

天哪,竟然直呼其名了。可是老傅真的不知道现在的自己是个什么身份。"我……没有大学。"

"大学都没上? 没考上?"

"我也不知道啊。"老傅苦恼地说。

"你不知道,你是来开玩笑的吗?"教授的两条光秃秃的眉毛拧在了一起,将老傅递交的材料直接甩到了老傅手上。

"惊喜扭蛋机?你这是在写小说呢?什么穿越时空、付出代价,星际穿越看多了么?想来研究不可抗力甚至是超自然因素,可是你恐怕连量子力学都不知道吧?还有,作为课题,你的研究报告呢,调查提纲呢?什么都没准备好,还是请你打包回去吧,记得先好好学习,至少先去上个大学。"

老傅气得想掀桌子,这才想起来自己付出的代价是"knowledge",那现在他差不多是个白痴了。可是从进了这间咨询室的门到将要被赶出来,老傅甚至连自己对惊喜扭蛋机的设想和分析都没能找到机会讲出来,唉,真的是要被自己气死,无知就算了,还无能。

"对,我就是个写小说的,怎样?瞧不起写小说的?"老傅愤怒地起身而去。

尽管无知,但老傅还是知道这台惊喜扭蛋机不简单。其中的运行原理,堪比《旋转门》里的大型离子对撞机一般复杂,虽然这些猜测都是自己目前无法通过科学道理进行解释的问题。

老傅茫然地坐在科学会堂的大厅里,在这个未知的时空里,现在需要找到一个能相信自己的人,告诉他扭蛋机的所有故事,他能告诉自己如何才能解开谜团,或者做最坏的可能中最好的弥补。

可是眼下,自己身无分文,手机都没有,甚至在这个时空里,老傅连父母到底住在哪里都不知道。

"同学你好,请问你来咨询的是什么研究项目呢?"

身后有人拍了拍自己的肩膀,老傅转过身来,没好气地说:"别问我,教授拒绝帮助我的问题。"

"是么,那你可以和我讲讲啊。"那个人的嗓音温润如玉,但老傅并不想和其他学生进行没有意义的讨论,特别是当老傅并未完全接受自己年龄不明的学生身份,自然瞧不上身边与自己年龄相仿的"小毛孩"。

"我也是老师啊,只是还没有成为教授。"老傅这才抬起头望向他,长得比穿越前的自己还年轻,甚至像一个长草颜文字里的胖团子。他是个老师?

"你愿意帮我?可是我连大学都没上。"我什么都不会,我不能给你钱,我不知道我从哪里来、该往哪儿去,天黑之后,我甚至连睡觉的地方都找不到。

老傅把后面的话全都卡在了肚子里,沉默地看着眼前这位白白胖胖的"团子"拿过自己手中的资料正神情严肃地仔细阅读着。

"团子……老师,首先您要相信世界上真的有这样一台惊喜扭蛋机!"

"嗯,我相信。"

六

老傅和团子坐在办公室里，桌上摆着老傅穿越而来背包里唯一放着的惊喜扭蛋机，还有剩下的最后六枚代币。团子已经听完了老傅讲的所有过程，而老傅仍沉浸在团子表现出的耐心和温柔中，一个劲地絮絮叨叨。

"你看，我根本不敢再随便扭下一个蛋，因为我并不知道下次蛋壳打开后我会去往哪里，我不知道任何一枚代币被兑换后我还会付出怎样的不可挽回的代价。我现在……任何代价都付不起了。"老傅颤抖着拿起桌面上的代币，叮叮咚咚地让它们自由落体，在心底默念着翻译着上面的文字，信念、希望、尊严、亲情、生命。

"后两者碰不得，前三者缺一不可。没有文字的那枚代币不算。"团子清晰地分析道。

"所以我现在来到这里，所以我找到了你！请你救救我吧，请帮助我！"老傅看向满脸认真的团子，眼眶刹那间有些湿润。

"扭蛋机的工作原理，肯定不是一时半会儿就能调查清楚的。那么你先想一想，每次开启扭蛋后有什么共同点，或者……嗯，有什么有规律的地方？当你穿越的时候，你除了每次都随身带着扭蛋机，你还能带上别的东西吗？"

"其实，我并没有尝试过，也从来没有总结过。不好意思啊，我之前真的太冲动了。"团子老师有些懊恼地拍了拍自己的脑袋。

"还有对于你说的惊喜,既然每次都能完美地实现,那你能不能索求一个惊喜,回到一切都还没有发生的时候呢?"团子建议道。

对呀,回到一切都还没有发生的时候。可是这方法似乎不够妥当,因为还需要再放上一枚代币才能转动卡槽,所以这还需要再让自己付出一场代价。

老傅抬起头看了看眼前的团子,如果回到最初的起点,那似乎就再也没机会解开惊喜扭蛋机的秘密了,因为真的很难再找到这样一位老师愿意这般帮助自己。况且,此时自己所处的时空依旧未知,一旦回去,还能在那个世界里再遇到团子吗?

"不行不行。"老傅连连摇头,"老师啊,如果我就是想跟着您学习,完成漫长的调研,直到弄清楚扭蛋机的工作原理呢?这样行吗,你愿意留我下来吗?"

"也不是不可以,但是你一定要先去为自己的人生打拼,至少要对未来负责。先去考上一个大学吧,然后一边读书一边科研,我们终有一天会一起查清楚事情的真相。"落日的余晖洒落在团子的黑框眼镜片上,金灿灿的,折射出朦胧的彩色的光晕来,老傅看不清团子的表情。

但老傅知道,天要黑了,团子要下班了,马上自己就要无处可去了。此时此刻,自己是时候做点什么了,在走出这栋甚至连外面的世界都是未知的大厦之前。

"那我要去参加高考,我再转一次扭蛋机索要一次惊喜,让我回到一个正确的时空,然后我好好学习,考上个好大学,然后我来找你啊!然后我们一起研究这台扭蛋机,把它拆掉!"老傅开心得仿佛自己真的是一个向往未来的孩子。他胡乱地摊开剩下的几枚代币,撇开"亲情""生命",又扔下"信念""希望",最后,他拿起了那一枚"尊严"。

我的自尊心从来不允许我这么做,我的内心是拒绝的。但未来必须充满信念和希望,我必须成功,没有自尊、委曲求全都不算什么。现在我要回到一个正确的时空,重新考大学,然后回来找团子。

漆黑的天幕终究还是笼罩了下来,团子开始收拾东西,老傅匆忙地把代币放到扭蛋机的卡槽里。

可能天黑得再慢一些老傅就会问清楚以后在哪里能找到团子,再多想个两三秒老傅都会把惊喜说得再明白些,自己最想要的其实是回去后努力地弥补一切,然后再次找到团子。

"我要一个惊喜,让我回到一个正确的时空。"几乎是脱口而出,天旋地转的感觉再次降临了。

七

"傅玉辰,你上个月的小说涉嫌抄袭,全文的81%和

《故事贩卖机》上季度冠军的故事内容重合，请你解释一下出现这种事故的原因，否则，你将被予以开除处理。"

老傅正坐在无比熟悉的杂志社办公室里，现在正在召开例会。

内容部主管把一份文件"啪"一声摔在老傅面前，老板板着脸看着老傅冷笑。

所有的目光都集中在了他身上，周围的人都在窃窃私语，意味深长地盯着他，爱莫能助地捂嘴窃笑着，连连摇头。

奇怪，我不是应该回到高三甚至是高四时期，准备高考，然后去找团子吗？

我是谁？我在哪儿？我在干什么？

三秒钟后，老傅这才反应过来，自己好像来到了生日之后的一个月。这样的话，第一个惊喜造就的小说也交掉了。第二个惊喜害自己损失的钱后来赔了吗？还有，女朋友有没有可能其实没有离开呢？他不顾耳畔排山倒海的质问和批评，掏出手机便打开自己的微信，然后长长地松了口气——置顶聊天的星标朋友，"我最爱的老婆"，依旧还在。

太好了，所以自己回到了夹杂在第二个惊喜和第三个惊喜之间的时空里。可是，为什么第三个惊喜没有兑现呢？这到底是怎么一回事？现在应该怎么办？

能够回到现在，是自己之前用写着"尊严"的代币换来的吧。这就是所谓的"正确的时间"吗？索要的上一个惊喜太不严谨了吧？那么接下来是要按照套路，被主管痛批、丢掉工作，最后无地自容、失去尊严吗？

可是如果这样，那第一个惊喜，自动完成的小说是人工智能系统从别处抄来的，根本就不算惊喜，这可是欺骗啊，从一开始就根本没有惊喜好吗？

当一切回到原点的时候，当自己的手机和身边的一切都还在的时候，老傅突然想到了自己的消费者权益。对于惊喜扭蛋机的使用，当自己受到欺骗的时候，不能就这么算了。

老板忽然站了起来，同事们倒吸了一口冷气，捏了把冷汗，看着他一步步向老傅走来。

说时迟那时快，老傅仿佛想到了什么。他飞似的跑向男厕所，打开手机，翻出生日前一晚的短信记录，点开了那条无比熟悉的发件人号码，回拨了过去。

电话出乎意料地接通了，清脆的声音响起："傅先生，您对这份生日礼物还满意吗？"

"满意个鬼！第一个惊喜就根本不是惊喜，骗子，给我把这破机器退回去！不然投诉你们公司！别折再磨我了，行吗？"所有开启扭蛋时的辛酸和悔恨一齐涌来，愤怒占据了老傅全部的头脑，将理智冲散。

其实，老傅还可以有另一种更好选择，让商家重新赔偿自己一个不用付出任何代价的惊喜。可是很可惜，他此刻竟然忘记了一个关键的人,还有一件极其重要的事情。

"傅先生,所有的代币里面有一枚没有文字的代币,将其放入卡槽就可以使惊喜扭蛋机恢复出厂设置了。不过,每台机器只对应一枚没有文字的代币,这种清零功能只能使用一次。"

"这也算一个压轴惊喜吗?"老傅几乎对着电话咆哮道。

"是的,傅先生。"

老傅拔腿就往会议室跑,代币在口袋里清脆作响。不出意外的话,扭蛋机应该就在自己放在桌下的包里。

无视了愤怒的主管和老板、几乎炸开了锅的办公室,老傅掏出那枚没有任何文字的代币,塞进了扭蛋机。"嗡"的一声,扭蛋机转到了底部。老傅打开蛋壳,跌坐在了地上。

要回到原点了吗?

一切都结束了吧。

八

"生日快乐!"

老傅睁开了蒙眬的睡眼。

女朋友笑嘻嘻地抽走了他的枕头。"快起来啦,我们出去过生日"。

"这么早就来啦？可是我还有小说要交呢，我要认认真真写。"后半句话，老傅想了想还是卡在了肚子里。"不然我就会丢掉工作，失去尊严，没法为咱们的二人世界攒钱，多么可怕，现在我可是深有体会。"

老傅躺着没动，依旧陷在柔软的单人床上，看向早已盈满朝气的窗台，一切都像一场梦。

想到几秒前老板可怕的目光、很久以前那一场派对上璀璨的灯光、杀人不偿命时鲜血染红的日光，还有……还有那场落日的余晖里，那副镜片反射的、绚烂后消散的阳光。在一片晶芒掠跃、华光流溢中，太阳照亮了天边一张无比熟悉的脸。那么近，又那么远，老傅甚至来不及向他挥手，转眼间他就消失在了灿烂的阳光里。

是的，老傅那么真切地想起了团子，想起那信誓旦旦的决心，和从未拥有过的如此热烈的希望。只是，自己再也不会见到团子了，因为他其实在千里之外，在另一个时空，飞跃宇宙的尘埃，穿透光年，藏在记忆深处某个小小的扭蛋里。

轻叹一声后，只得珍惜眼前，好好地活着。老傅缓缓地支起上半身，准备下床。

"我一早就来了，怎么样，算不算惊喜？"女朋友见老傅已没有了起床气，瞬间打破了短暂的宁静。

"嗯嗯，真是惊喜。"老傅开心地回答道，可是心中仍旧突然"咯噔"了一下，毕竟，自己对"惊喜"这两个字，依旧心有余悸。

"还有更大的惊喜呢，你小说不用写了，已经提交了！我们直接出门吧！"

"什么意思？"不祥的预感涌上了老傅的心头。

"我刚刚来的时候，在你家门口发现了这个，喏，叫什么'惊喜扭蛋机'。我还以为是捉弄人的玩具呢，就想等你拆开它前先帮你试试看。"女朋友兴高采烈。

"我转了一下那个卡槽，就直接掉出来了一个扭蛋，我希望让你有点灵感，快点把文章写出来。结果我打开蛋壳的一刹那，发现你文章已经写好发给主管了。怎么样，你说神不神奇？是不是惊喜？"女朋友指了指电脑旁那台曾经无数次折磨自己的、无比熟悉的机器。

"惊喜扭蛋机？怎么真的是它？天哪，你别碰它！"老傅刹那间崩溃地大喊。

"为什么，很划算啊，这到底是谁送你的高科技产品？我再去扭个惊喜，给你办个豪华派对！"女朋友迅速拿着一枚代币向扭蛋机走去。

"不可以！"老傅以最快的速度冲下床跑向惊喜扭蛋机，可是还是晚了一步。

来不及了。

"滴滴"。短信铃声响了，老傅的手机屏幕亮了起来。

在再次陷入时空的漩涡,然后重蹈覆辙、万劫不复之前,老傅挣扎着举起手机,竭尽全力,点开了那条短信。上面写着——

她那时还年轻,不知道所有命运的礼物,早已在暗中标好了价格。

傅先生,祝您生日快乐。

脑梦想家

脑梦想家

李岳琏

序

预调朗姆,苯二氮卓,黑色眼罩。

房间里没有开灯,在意识被刺激的热流击垮之前,老傅闭上了眼睛。一切终于结束,三年都追不到的女神、一夜之间输光装备的游戏、门门红灯的平时成绩、面面碰壁的工作应聘,在这一瞬间华为无尽的黑暗,随着趋于停止的心跳渐渐退去,内耳道的轰鸣声悄然消失。

一颗流星划过天际,老傅的世界在这一刻,沉寂了。

一

"今天是你死亡五周年的纪念日,嗨,能听见我说话吗?"

老傅感觉自己睁开了眼睛,没有图像的信息快速掠过全身,好像有什么不对。

阵阵惊叹声传来,接着是此起彼伏的闪光灯。老傅有一瞬间的晕厥之感,感觉自己好像成为了什么耀眼而珍贵的东西,冥冥之中又感觉之前曾辗转醒来,有种既熟悉又陌生的感觉,仿佛空气中涌起了无数个酸酸甜甜的碳酸泡泡,动人心弦。

"以后当你作为载体的时候,每年的今天,你都可以用自己的意志支配你的载体,等一下你可以看看你现在生活的环境。"有声波转化为神经冲动,近在眼前却又虚无缥缈、捉摸不见。

"我现在是……"老傅诧异地"张开口"。

"没错,你现在是一颗重要的大脑,是我们用了五年之久升级优化的产物!你在自杀时死亡,然而你的大脑却有着强烈的意识……嗯,或者说,是一种巨大的能量,比肾上腺素和兴奋剂更有助于支配人的意志,尤其是左右主观能动性。你就像一个……脑梦想家。"

原来眼前的一切都只是神经信号的传递,自己现在成为了一个活生生的大脑,寻死成功,却偏偏留下了脑子。

大概是生前存有太多不甘心和理想还未实现，让自己的满腔热血继续留在世界上"做一些事情"，眼前这个科学家的讲述已一知半解，脑科学界希望老傅大脑里的梦想观和对事物异常的执着，能刺激一些人不再碌碌无为，或发挥实力走向成功，或改过自新重新做人。

至于使用何种方式，自己这颗大脑身上连着的数据线通往何方，是否有类似于受体结合的部位在自己离开世界的这五年里被研发，老傅一概不知。只知道每一位承载自己的运载体都是或被动或主动地需要接受改变的，那些行为上的、生活上的，可恨而又可悲的"罪人"。老傅突然有些期待，想迫不及待地去感知这个依旧鲜活的世界，还有那些接受了"脑梦想实验"的宿主现在究竟是什么样子。

二

老傅看着美颜相机中的自己。短粗的手指划着屏幕上又肥又腻的脸，磨皮，然后削尖。

差点没被自己吓死，这才想起原来此刻自己的意识是在宿主体内，并且仅限今天，自己可以控制对方的思想和行为。

老傅顺着她的目光，看了看反锁的房门，划开桌上零星的草稿纸片和根本进不到脑子里去的书本，下巴抵着餐巾纸包，舒服地趴在了桌子上。老傅可以听见很远的地方传来的声音，穿透房门和墙壁，有隔壁房间宿主父母的声音传来。

"明天她要高考了，等下我们去买点她喜欢的吃吧。晚上我送她去上物理课，不然今天晚上可能她又要害怕了。"妈妈说。

"真是头疼，不过这次连脑梦想实验都接受了，总该有点进步考上个大学了吧？"爸爸说。

原来是个复读生啊，老傅想。

但是环视房间，无比惬意的趴姿和不断闪烁的手机屏幕，好像她没有什么对于高考的紧张之感和迫切的渴望，可是她的父母好像特别着急啊，甚至不惜花重金让她尝试了脑科学高科技。

妈的，能不能有点出息啊，老子当年再废，考大学也没让父母这么操心。能不能有点羞耻感？至少为自己的前途着急一下？

老傅很生气，控制着这具笨拙的躯体，试图让她有所改过，至少应该清醒一会儿，不要再这么一事无成下去。

她好像终于想起了什么，猛地从桌子上爬了起来，打开书拿起笔。她的手微微颤抖，瞳孔骤然放大，拼命抄起了之前不屑一顾的物理概念来。

看来，自己的意志支配起作用了，老傅心想。

大概抄写了几行字，只见她又拿起了手机，打开微信里一个最近频繁联系的好友："要高考了，我好害怕，我好害怕！"

为什么复读还要告诉别人？真的害怕有本事别考啊！老傅简直要气得冒烟，就差控制宿主恶狠狠地对自己说："别等了，不会回的，没人看得起你。"

三

似乎宿主感应到了老傅的意识，眸光黯淡了下来。而后又打开微信继续打字：不好意思，你不用回我了。我本来就在做着不可能成功的事情，还浪费了你的时间，让你见笑了。

老傅愣了一下，目瞪口呆。时辰已到才发现自己来不及，宁可自我埋汰都不愿意努力，这算什么？这样的人啊，真的不配有梦想。不行，再这样下去这又是一场重蹈一年前覆辙的失败，必须控制她干点什么有意义的事情，就算不是为了她，也要为了她那可怜的父母。

支配着她的意识强行翻完了高中物理考纲，圈出了好几个不会的地方。虽然最后一节物理课老师并不能够把她教明白，但这已经算是最坏的结局中最好的补救措施了。

春末夏初的夜晚，敞开的窗户漾着凉爽的风，物理老师温柔的嗓音萦绕在耳畔，愚笨的宿主懵懂地点着头，老傅无比认真地听着，享受着这平静而安宁的时光，竟有些陶醉。这么好的条件，这么耐心的老师，还有那无比宽容的父母，这世上怎会有这么仁慈的重生。老傅无比真诚地默默祈求着这具不争气的肥硕躯体，让她能够好好考，对得起所有人。毕竟自己撑不到明天她上考场啊，午夜零点一到，自己的可控性意识又要重新回归到培养皿里，放任宿主独自一人放手一搏了。

物理老师的声音渐行渐远，从那节老傅根本不想让它结束的物理课，到夜深人静的时候宿主耳机里流淌着的回放录音里。或许自己的一片苦心终于让她良心发现了，愿意好好为这门未曾好好努力的学科画一个苍白的句号。

"我要好好学，把这节课最后讲到的内容全部整理下来，我一定认认真真写字。只是，我再也没机会把错题和笔记整理给那个老师检查了，那么好的老师。"

有一种悲伤的东西从心头涌上来，没有躯体的老傅已经很久没有过这种异样的感觉了。等回过神来的时候，只有宿主悔恨的哭声敲打着老傅脆弱的神经元。

她真的知道要努力了吗？真的打算改了吗？老傅在最后一刻想问清楚她心底的声音。

可是终究还是差了那么一点，就像由于电源短路终止了电影的放映一样，老傅的意识只在一瞬就回到了一片漆黑的培养皿里——午夜零点到了。

四

"傅脑先生，七周年快乐。"

"两年过去了啊，快乐什么？真不会说话。"老傅从混沌的意识中醒来。

不对呀，怎么过了两年？去年的今天呢？那个复读的宿主呢，她后来怎么样了？

科学家似乎透过神经信号与语言文字的转换，读懂了老傅的想法，解释道："去年你没有接受新的宿主呢，两年前的实验，结局并不成功，于是你脱离宿主重新回归到了培养皿内，并于液氮中冷冻保存。直到不久之前，你才被重新唤醒。"

"那么新的宿主呢？今天我可以去看看他吗？"

映入眼帘的是一片阳光灿烂的农田。穿着黑白条纹的人们正在拿着棍棒别着枪的警官的带领下，规矩地劳作。

老傅看着正午的天空中金色的太阳，觉得黄灿灿的似乎有什么不够。没错，太浅了，还是红色比较对人胃口，猩红猩红的，那种血的颜色。

老傅蓦地发现自己此刻的宿主不太正常。再一看身上的衣服,还有手铐的痕迹,原来宿主竟然是一个作恶多端的罪犯。

自己手中的劣质铁铲挥动了几下,头部竟然掉了下来。旁边有一个笑起来眯眼的胖子,同样穿着囚服,过来捡起了地上的铲子头,攥紧了发了霉的木头把手扣进了铲子头的卡槽里,依旧憨厚地笑着,将修好的铲子递给了宿主。

老傅本想自然而然地对那个胖子说声谢谢,但一股奇怪的煞气竟然莫名地油然而生,似乎对他人的这种好意非但嗤之以鼻,而且厌恶至极。

看来这次的宿主是一个及其缺乏教养的人啊,等一下一定要好好教育他,能控制宿主意志的这一整天,真的要好好干些什么。

囚徒们卖力地干着活,一路大声吆喝,高效地锄完了每个人分配到的土地。于是,他们每人排队领到了二十块的赏金,中午可以到农场里的农家乐吃一顿好饭。唯有老傅和他的宿主静静地站着。老傅绞尽脑汁,想着几秒钟前科学家远程输入的指令——让这个近乎变态的杀人狂感悟良心,学会善良。虽然这几乎不可能。

而老傅思考的结果,可能就是在这几秒钟让这个无可救药的宿主产生内心强烈的空白和迷茫,继而导致了只有他一个人没有完成劳作任务。

五

老傅伴随着宿主，跟着刚才那个胖子还有另外两个不认识的家伙走进了一个大娘的小餐馆，他们四人点了一个烤羊腿、两盘炒菜和大锅饭，大伙儿交上了所有的伙食费，老傅的宿主静静地坐着，无动于衷。胖子戳了戳他，大娘见他的脸色沉得可怕，摆摆手，说道："没事，这顿饭阿姨请你了。"

老傅由衷地想控制宿主和大娘道个谢，不料自己竟然没能支配成功，"谢谢"这个词卡在了喉咙里，嘴边的余音尚未褪去。喉咙中涌起了一阵作呕的感觉，随后升起阵阵寒意。这种宿主体内的反支配作用，令老傅感到阵阵惧意。

菜上齐了，大娘给每个人都盛上了饭，然后转身走向后院的池塘。胖子割开了香气四溢的羊腿，每个人都大口吃得正香，似乎没有人注意到，宿主的眼神落在了那把摆在盘子旁边的刀上。

老傅开始害怕，很害怕，因为自己并不能够像以往一样轻易支配宿主的意志，哪怕只是一瞬间。更严重的是，老傅看向刀子的眼神竟然变得柔且陶醉，仿佛那是世间尤物、珍宝美玉，连那刀尖上缓缓滑下的油滴，都看起来格外性感诱人。

田野里忽然传来大娘的惊叫声，胖子他们迅速离开饭桌冲向田间,老傅的宿主冷漠地坐在饭桌前,终于如愿拿起了那把刀,入迷地端详着,然后拿起了一根筷子。

"不行,不可以!"老傅大声地咆哮。很可惜,老傅再强烈的脑电波到了宿主的意识形态里,也只是皱了皱眉的一下工夫。他缓缓地沿着筷子的顶端,倾斜地支在桌面上,技艺娴熟地开始削。逐渐削成了木头铅笔那样的形状,甚至更尖、更锋利。

他要干什么?只是削筷子吗?

宿主满意地舔了一口锋利的尖端,老傅借着宿主的身体起了一层鸡皮疙瘩。随后宿主站起身,走向了田里的人聚集的方向。

"衰仔,快过来帮一把,阿姨的腿上进了蚂蟥。手上拿的什么?能用上不?"

六

蚂蟥?

那种又黑又长的虫子,嗜血如命,越拦着它吸血它就钻得越深,多霸气,多不服输!

有一种酥麻的感觉涌遍全身,老傅暗感不妙,不知如蚂蟥般嗜血的渴望又会令宿主产生怎样极端的行为。

眼看着蚂蟥越钻越深,胖子拿起地上的小铁铲就向大娘的腿砍去，先试着把露在外的部分砍断，如果不行可能就要用火烧。胖子努力地帮着忙，丝毫没有注意到一束诡异的目光正直勾勾地盯着他裸露在外的白嫩的脖颈上。

宿主缓缓举起了手中带着尖端的筷子。

绝望的感觉油然而生，除了死亡，可能再也没有其他时刻像此刻这般绝望了。所谓的脑梦想家，此刻真的无能为力，作为工具去实现那种几乎可以说是痴心妄想的目标。眼前的人几乎是走火入魔了，看来唯有让他死才能阻止他疯狂的嗜血行为。老傅想到了生前，明明只敢躲在游戏里打打杀杀，平日里连小动物都不敢残害，最后却这么轻易地杀死了自己。

等等，自己可是一个大脑，只是个大脑，跟意识形态仍然存在的灵魂没什么区别，说白了就是鬼。如果是鬼，死了一次就不会死第二次了。而现在是自己唯一有机会支配宿主意志的时间。我就是他，他就是我，那么现在……我要杀了他。

老傅用尽全部的意念，所有交感神经在这一刻兴奋，肾上腺素的分泌量几乎超过了细胞有氧呼吸的速率，只见宿主有一瞬间的错愕，然后视线开始变得呆滞，缓缓举起了手中的筷子，在凶狠的表情转瞬即逝后，刺进了自己的脖子。

鲜血喷涌而出，撕心裂肺的疼，还有无法呼吸的窒息感，这是酒服安眠药无法比拟的痛苦，老傅支配着这具残躯，用尽最后的力气，宿主的脸上露出了释然的笑容。老傅的使命终于完成了，没办法让他善良，那就只能让他不再残害更多无辜的生命。

只是这样的结局，终究没有实现科学家们的梦想。接下来，自己又要回到漫长的黑暗中被冷冻起来了吧。

七

再一次被阵阵喧嚣和闪光灯唤醒的时候，好像与之前有什么不同。感觉更像是一种光污染，一种令人产生强烈反感的刺激源。敏感的老傅还察觉到，周围气压很低，正在讨论着严肃的事情，似乎有什么错误出现了，不可饶恕。

"脑梦想实验使相关参与人员崩溃自杀，谁该为此负责？"

"为什么会这样？这是实验的必然结果还是突发事故？"

"脑梦想计划的开展长达七年之久，是否科研成果不进反退？"

……

逼问和责骂如潮水般铺天盖地地涌来，老傅想要奋力解释，奈何自己此刻只是个大脑，接收信号以后百口难辨，没有了最合适的贮存环境，强光与声波的干扰瞬间令老傅一阵眩晕，无比沉痛，好像下一刻就要脑死亡一般。

天崩地裂，然后天旋地转，自己忽然之间被抱了起来，瞬间离开了那一波蜂拥而至的喧嚣。老傅依稀听见了汽车启动的声音，然后是一路平稳的行程，没有颠簸，没有压力，路的尽头仿佛是自己所向往的大海，这久违的舒适之感，让人想起来了梦。

老傅被抱下车，耳旁有海浪翻滚的声音。就这样受力平衡在这个暂时可靠的怀抱里，老傅静静地等待着，等着一切宣判和对未来的安排，老傅做好了服从的准备。

"给你看个视频。"还是科学家的声音。

"大家好，这是傅脑，一个有梦想的脑子。对它的培养是我们的脑科学研究所目前最重要的项目。"画面中的科学家仍是七年前满怀期待的模样，指着培养皿中静静躺着的老傅，对着全世界瞩目的镜头，自信地微笑着。"我相信它可以有助于辅佐宿主的意志实现理想，它更可以完成实验组乃至整个世界对它的美好愿望。有的时候，人离梦想只差一步之遥，能否坚定地走向终点，需要一种炽热的能量。现在，我们有期待被改变的人群、先进而完好的科学技术条件，最重要的是，我们有这位脑梦想家。当你想要做成一件事情的时候，哪怕世界的目光没有前来聚焦，全世界也一定会让出一条通往成功的道路来……"

"然而事实上,我只能在我能能够控制宿主的每年仅有的一天里,尽我所能改变他们。能实现梦想或者你们的梦想的,只能是他们自己。"老傅万分无奈地发射着神经信号。

"或许我们还能尽力做出改变,可是你间接地杀死了那个杀人犯,这就让我们的实验再也没有发展的机会了。"科学家冷冰冰的声音响起,老傅在这一刻忽然感受到了绝望。

"还有改变的机会的啊,只要让我能够长期控制宿主的意志,而不是一年仅有一天,只要有时间周期,我一定尽我所能改变他们的行为。有了期望,配合着监督和不断改进,才能真正落实啊!"

"不必了,社会已经扼杀了我们的声音,你没有机会了。脑梦想家实验组就此解散,今天送你最后一程,你就留在你最喜欢的大海边吧。"

八

"咚呛"。老傅听见东西跌落的声音。

躺在沙滩上,柔软的触感要把自己埋没似的,耳畔又响起汽车发动的声音。科学家没有给老傅留下那些精密的仪器,世界在眼前无限放大,分不清天南地北,此刻只希望不要一个大浪涌来就将自己吞噬了。

老傅不怨那个科学家，只是，明明从来没有说过，他又是如何知道，自己最喜欢的是大海？

忽然间头顶一阵灼痛，有什么锋利的东西刺了进来，而且很不凑巧地啄进了神经。大概是海鸥的嘴，于是老傅再也接受不到任何图像信息了。老傅感到自己飞了起来。离海岸线越来越远，气流越来越强，甚至感到头顶传来了阵阵暖意，大概自己正飞向太阳，被海鸥夹着，在海面上痛快无比地翱翔。只是不知道正在往哪儿飞，然而无知者无畏，从这一刻起，老傅便有了无限的遐想。

自西向东跨过日界线，日期减一天。

如果就这样一直飞向东方，是不是可以回到过去？抑或是，回到七年前？

明明还有机会，为什么不让我再试一次？为什么在我死亡之后命运还是对我如此不公？为什么我以前会无知地选择去死？我是脑梦想家，那我自己的梦想去哪儿了？……

等等，事不过三，这才两次啊，我的第三次机会呢？

老傅挣扎着，好像挣脱了海鸥，穿过了意识流，跨过山越过海，飞跃了晨昏线。

电离层也渐渐淡去了，无线电短波通讯传来最后几个破裂的信息：

"强烈的神经信号刺激了他的大脑皮层。"

"他开始有明显的生命征兆。"

"等一下扼住他的喉咙进行催吐反应。"

"果然,最后的契机终究是大海。"

……

地球表面中突然出现了一颗璀璨的质点,以光速自由下落,越来越快,越变越大。

爆炸的瞬间,时空隧道的粒子沿着射线穿透的方向,一切的一切回到了故事开始的房间里。

预调朗姆,苯二氮卓,黑色眼罩。

"呕"。

老傅摘下眼罩,将安眠药吐了出来。

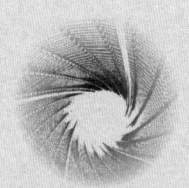

预支未来

预支未来

李岳琏

一

吴中阳认识未来,是在一场头脑创客的展会上。

那天,吴中阳穿着满是褶子的西装站上了闪光灯聚焦的全网直播的展台,观众们热情似火,可是一上午拉到的赞助经费却少得可怜。空调开得很低,再等一会儿,如果自己的产品还是没人感兴趣,他就准备离开展台到楼下的麦当劳喝点东西暖暖身子了。

通过读取大脑皮层的信息提取过去的记忆,以视频的形式保存在大脑上,随后可以通过电信号的刺激选择性地削弱或者删除一些记忆,让人释怀过去,勇往直前,记忆芯片明明是一种多么好的东西。吴中阳摇了摇头,撤下了那块记号笔墨迹已干的写着"PAST"的展牌，转向展厅的出口。

"滴滴，滴滴"。手机提示音响了起来。

"吴先生，请问您要离开了吗？"一个陌生的微信账号发来了一条好友请求。

是谁？吴中阳的视线扫向 360 度环绕直播的摄像机，又将视线缓缓落在自己展板上放大的微信二维码上。"我出去一下，现在不是很乐观。"

"等等，照我说的做，你会拉到第一笔赞助。"

吴中阳将信将疑地回到了展台，按照手机上对方接二连三地发来的消息，在 PAST 的下面写上了 FUTURE，又没底气地朝台下喊道："我的芯片不但能存储和埋葬过去，还可以预测将来！"

一番豪气的话语顿时吸引了在场的好几双眼睛，吴中阳紧张得心都快跳出来了，但还是神不知鬼不觉地挽住了展台前一位穿鹅黄色裙子的小姐的手，邀请她成为第一个实验者。接着，看着她戴上布满细密导线的头盔，吴中阳断开开关，偷瞄了一下微信发来的最新消息，准确无误地说出了她的心之所想和相应的预测。

惊叫和感叹引来了她的富商父亲，豪迈地签下了第一笔赞助合约，这一切快得令人猝不及防。吴中阳按捺着狂乱的心情按下了语音通话键。

"你……到底是谁？"

"我是未来。"

二

我是未来。

我从未来走来。

我每天清晨会忘记全部，只记得未来。

我知道这个世界上即将发生的这一切，我还知道一年后的一天我会见到你。

他说。

或许世界上真的有这样奇怪的名字，而自己刚刚恰又识到了他的超能力，这注定是个有故事的人。

吴中阳点开支付宝的零钱包，余额不足一杯咖啡的钱，搞科研的生活之余穷困潦倒，吴中阳抱歉地和店员笑了笑，随后打开微信拨通了"未来"。

"未来，你看见我以后能变得富有吗？"

"能。"

吴中阳满意地点了点头，既然能富有，说明今后记忆芯片的研发应该是成功了。

"那你能看到多远的将来呢？"

"很远很远，但我今天发现，直到有一天我见到了你，然后我的时间坐标来到了抛物线的最高点，就此停止。"

吴中阳被吓了一跳，幸好他后知后觉，这才明白未来的意思是需要自己的帮助，用具有存储功能的记忆芯片

171

改造他的大脑,或者说,改变他的人生,这样他脑中的记忆便不只有未来的世界里注定的色彩。只是,未来对"未来"的看穿,下限是他与吴中阳见面后,接受手术的那天,随后,他便可以成为一个拥有"昨天"的记忆的普通人,当然,也就此无法预知未来。

导出记忆的手法似乎炉火纯青,删除记忆也只需释放轻微的电流,而在大脑中植入记忆芯片的技术却从未知晓,吴中阳深知这是一项艰巨的任务,不过自己还可以为之努力一年。吴中阳思量着器材,盘算着经费,忽然间想起来上午那一笔未来一出手就从天而降的赞助费。

有了钱,就一切都有可能,而这笔钱,或许自己可以借助未来的超能力获取。吴中阳点开微信说道:"未来,我可以帮你,我可以在你每天起床后提醒你源自过去的注意事项,但你可以帮助我筹集科研的费用吗?"

"没问题,关于你想知道的未来的一切,我都可以告诉你。"

三

吴中阳的脑科学实验室开起来了。

慕名的人纷至沓来,想要通过计算机感知过去的回忆或预测未来的人，起初还纷纷戴上头盔连上导线，让计算机采集资料。后来为了获得最精准的预测，索性直接向吴中阳提供了尽可能详细的信息。

吴中阳最初思考过钻研怎样通过事物发展的环境因素、物理条件和机缘时期进行复杂周密的概率计算以预测事件发生的可能性，但是自己尚未学会这套完整的运算机制，主动给自己送钱求得预测的人群就已随着实验室的口碑和种种被证实的预测结果，让吴中阳应接不暇。索性，吴中阳直接在满是导线的头盔上装了一个微型麦克风，将信号传递给了电脑另一端的未来。让未来看到头盔采集的信息或者人们主动提供的信息，告诉他们自己在未来看到他们身上直接发生的事情。

财富如潮水般向吴中阳涌来，而每天清晨告诉只记得有一天会和自己见面的未来"他是谁、他在哪儿、他今天应当做些什么"之后，未来便像是一个听话的智能机器人，毫无怨言地为自己做着各种预测。

吴中阳忙碌不已，乐此不疲，直到他开始觉得用于研究在大脑中植入记忆芯片的技术所需要的资金不值一提，直到他意识到一切学习和研发都是在浪费自己追名逐利的时间。唯有想到未来的时候，他才开始清醒，甚至有些恐慌，因为他的技术早已在浮华和喧嚣中耗尽了，甚至也没能找到一套适合芯片移植的方法，只能眼睁睁地看着未来一天天向自己靠近。

"未来，你有没有觉得，我每天都在利用你。"

"没事的，等我们见面的时候，你终究会帮助我。"

吴中阳终于开始后悔，想要和未来道歉，想要立刻去学习未来需要的记忆芯片植入的相关技能。他甚至打开股票交易系统挪用了一部分资金出来专门留给未来的手术，可是做完这一切后，支付宝上的转账信息几乎要把iPhone X的信息提示栏刷爆了。

吴中阳咬咬牙，点开了手机："未来啊，我还是希望你晚点来比较好。"

四

吴中阳重金支持了加利福尼亚大学的交叉信息实验室，希望能聘请最权威的专家来担任未来的手术主刀。可是最德高望重的白发小老头却拒绝道："这样的技术根本不够成熟，诺奖得主都未必能驾驭，不可轻易动刀，否则后果只能是死亡！"

死亡。

我突然想到未来对我说的，"时间的坐标就此停止"。

原来这就是我们的未来，我见到了他，我带他走上了手术台，我拿起刀杀死了他。

吴中阳有一刹那的恍惚，为了未来，绝对不能让他做这场手术。纵使和他相识的一切都是为了这场手术，甚至他帮助自己走到了今天，全部都是因为将来我们的见面可以彻底改变他。可是现在，如果告诉他这一切都是乌龙，他会怎样呢？是生气，还是将自己揭穿？或者，如果告诉他时间坐标的停止意味着死亡，他能够接受吗？

一个人如果早已知晓未来，那么就能看清自己的死亡。可是未来显然不明白这是自己生命的结束，却把它看成是一个崭新的转折点。每天充满了期待，甚至用自己生命最后的一年乐此不疲地帮一个将要终止自己生命的人。

"不行，我不能伤害他，我应该……见都不要见到他。"吴中阳痛苦地做了决定，从今以后再也不会利用未来让他透露所看到的未来。

未来所看到的未来，这是未来的未来啊。

我可以改变未来吗？

我真的能够改变未来的未来吗？

吴中阳有些心神不宁，他忧心忡忡地拨通了未来的语音电话，劈头盖脸地问道："未来，你所看到的事情都是注定会发生的吗？"

"是的，没有例外。"

"那有没有可能在未来的一切发生之前去改变它们？"

"不知道，我没有试过。不过你知道的啊，只有我一个人能看到未来。如果我做了这样的尝试，不就是否定了我存在的意义了吗？"

吴中阳还没有想好反驳什么，只听见未来急促而兴奋地继续说道："我在未来遇到你的那一刻终于要到了，也就是明天。"

五

这注定是一个不眠之夜，吴中阳想了各种未来见到自己时的场景、无数未来知道自己不能帮助他后的极端反应。飞速转动的大脑迸发出数不清的不能给他做手术的借口，尽管一切解释比起未来的未来都显得无比苍白。

但这一次，自己必须和未来作斗争，为了未来的未来。

或者，如果自己选择不在这一刻走出家门见到未来呢？未来难道会自己走上门来？如果强行改变命中注定的未来，不和他见面，甚至明天一早不提醒他任何事情呢，然后会发生什么？

吴中阳还未想清楚后果，睡意便涌了上来。

"有的事情如果注定成功不了便不去做了，失败的原因难道不是根本没有开始尝试？呵……哈……"

清晨的阳光透过深色窗帘间的缝隙洒进了卧室，金灿灿的，满得好像要溢出来。吴中阳起来的时候，慵懒地眯着眼睛,却有一瞬间的失神,似乎遗忘了什么重要的东西。

"未来!"他猛地清醒了过来。

再一看表,一种窒息的感觉涌上了心头。

"未来!未来!"吴中阳不记得自己究竟换没换睡衣,只记得自己想要用毕生最快的速度跑下楼寻找未来。

"有人找过我吗……嗨!刚才有人找过我吗?"

没有人理会他,大家正围着小区门口正对着的马路中央停着的一辆车,议论着刚才发生的一场车祸。

"听说今天早上有个人在这里被车撞了……"

"说来也奇怪,明明那人血流不止地倒在地上,救护车来了之后,地上的人竟然凭空消失了!"

"诈尸啊?真可怕!而且你看,地上的血……也全都原地蒸发了!"

……

未来,一定是未来!他来了,他在过。

吴中阳拨开人群,拼命往前跑,越跑越远。

他要把未来找回来,虽然他不知道何处是这条路的尽头,虽然他们之间永远相隔过往与未来,他们之间永远差了一个明天和昨天。

可是吴中阳分明看见他了。

他穿过熙熙攘攘的时光碎片,向着明天的太阳升起的方向跑去,地平线被他远远地甩在了身后,像在烈火中想要获得重生的凤凰。

绚烂的阳光微微荡漾,汇入人与车构成的热闹海洋。

转眼间,他就不见了。

边缘类

边缘类

孟嘉杰

一

——洞口向后退十步,赤红色的石头如同怪物的犄角,穿破粗砥的表皮,土壤的细纹就此分开,像一张张写满诅咒的符咒。

——再向后退五步,拥挤的岩洞延伸出一小块开阔的土地,蜿蜒的河水从这里发源。再仔细分辨,能够发现水流在接近岸边放缓,好像被什么东西分割。

是两具尸体。

洞口几乎被石块整个封死,只在接近洞顶的地方留下一截小口,于是光线在地上投出一个狭长的痕迹,明灭暗淡时刻提醒着阿准时间的推移。

在这局限的空间里，阿准几乎无事可做，这已经是他这三天来第57次细致地观察这个洞穴。密闭的空间反而给予他的感官更大的刺激，使他能够抓住这黑暗之中的每一个细节，将他们一一在脑海里放大、思考。

而从神的视角看去，他们仿佛被什么东西给吞入了口腔，自此往后是复杂的食道，往前又是紧闭的牙关。

但是他们肯定无法做出这样的联想。

因为，这是一个发生在很久以前的故事，那时的人们还不了解生物的构造。

而事实上，那时地球上甚至还没有出现人类这个物种，但是部分灵长类已经进化到接近人类的形态，他们的智力，甚至社会形态都和早期人类差不多。

不同的是，他们拥有三种性别——边人，缘人，类人。

这个物种也因此被命名为"边缘类"。

三角形是最稳定的结构，边、缘、类人们三者构成婚姻关系。而因为类人进化更全面，所以在社会和家庭中占据着主导地位享有超过边人、缘人的权利。

阿准和小顺原本打算只在洞里避一避雨，没想到被永久地关在了这里。他们逃亡得很匆忙，靠着简单的食物度过了四天漫长而难熬的时光。

阿准对那两具尸体一点都不感到意外，仿佛他们就理应出现在那里。

而此刻，天快要亮了，橙红色的光线汇聚在小顺的脸上，他还在安睡，给了阿准一个仔细观察小顺的机会。

线条分明的面部，轮廓在下巴处汇聚成一个不算尖锐的角，脸上纤细的肌肉覆盖住突出的两颊，他有一张"标准"的边人的脸，虽然说不上好看，但是足够干净，也不会让人错认。

这个打量的过程对阿准来说，每次都是一次奇妙的体验。虽然小顺现在穿得破破烂烂的，半截衣服掉在了洞穴外面，露出了肋骨旁血肉模糊的一片。但是阿准始终能想起他第一次在田地里看到的小顺的样子，每个细节都完好如初。

黑夜还未完全褪去，小顺现在像是一只安睡的动物，保持着清醒前的片刻安宁。

阿准知道，小顺快要醒了。

阿准很清楚接下来会发生什么。

——这已经是一切发生的第四天。

二

阿准之前的人生都保持着死水般的平静，直到某一天一条长长的游行队伍从他身边的田地经过，在他的生命里掀起一小阵波澜。

当时的天空是一片平静，没有即将要降临大事的风起云涌，反倒地面上是一片热闹，代表着村内各族的动物载着长老慢慢吞吞地走过村里的田地。

边缘类们和动物一道生活，每个族都有自己的动物，各组的孩子出生后就要接受专门训练驯兽。阿准一族所代表的动物是豹子，这是陆地上速度最快的动物，因为这一点阿准为此得意了很久。

除了各族长老坐骑排成的长队，在队伍的最前端，有人双手捧着一把宝剑。

这看上去只是一把寻常的剑，他的剑鞘还被磨出了窟窿，但是，据传这把剑是当年边缘类的神所使用。伟大的神用这把宝剑击败了缠绕在这片土地上的魔鬼，为边缘类们赢得幸福。

而据说这把宝剑只属于真正的英雄，他会给他真正的主人一个暗示，让他无论如何都能找到他。

边缘类们每5年就要举行一场这样盛大的节日来纪念神明，而这之后，这把宝剑将会由边缘类的长老来保管。

节日本身是无聊的，他还有许多禁忌。

——人们不可食肉，不可穿紫色，不可穿有破洞的衣服等等……

阿准也想知道为什么，但是他得到的答案总是不能让他信服。

——所有人说，这是神的旨意。

事实上，边缘类的生活完全建立在神的旨意下，他们自称是受到神明庇佑的物种，族内有负责和"神"沟通的长老来传达神谕。他们穿着什么样的衣服，住着什么样的房子，唱着什么歌，婚姻生育都由神来决定。

长老们把神的旨意编成了一本书，书名为了彰显霸气取了足足30个字，族人俗称"清规戒律"。

当年，长老们联合所有的边缘类们花了30年时间，把这些条款刻在了村子后的大山上。

边缘类生活在一个狭小的村庄内。村子后面的那座大山，将村子半围了起来，山上有许多凶猛的野兽，负责阻断人们的脚步。而在村子的另一侧则有一条河流，将整个村子滴水不漏的封上，节日庆典就在河流和大山交接的地方举行。

尽管这里没有一个人见到过神，但是每一个人都说，违反神的意志的人将会受到诅咒。

山上每晚传来的野兽的长啸，以及长老们讲的鬼故事，成为了最有力的禁行标语，没有活人能够越过那座山。

——当然，永远居住在这里，也是清规戒律的一条。

当然阿准理所当然不赞同这个观点，阿准时常在种田的时候想象外面的世界是什么样的，然后也理所当然地被家里的长老骂。

边缘类们身上其实只有一点和人类不同，他们可以将自己的脐带从腹部抽出，三者将各自的脐带缠绕在一起，便可绵延子嗣,然后边人就会"怀孕"。产下的子嗣不会由特定的某三者来抚养,而是由某个有血缘关系的长老统一管理。

阿准是缘人,还是依据清规戒律,他理论上应该承担更多的农活。但是诚如你所见,他做得很不专心。

但是,今天可是5年一遇的庆典,阿准终于可以名正言顺不去种田,他站在天边的高地,从田垄上探出了自己的脑袋。

当游行队伍经过他的那片土地时,他不由自主望向了最前面的那把宝剑。

可能是错觉,他似乎感到,那把剑冥冥之中看了他一眼。

队伍很快就不见了,阿准又没有事情可以干。

平常种田的时候,阿准常常趁着长老们不注意,从袖口掏出一块石头在地上画画。

阿准像枝桠上第一个出现的果实,带着冒失的绿意,四处炫耀自身的无畏。他不能理解村子里的很多习惯,他不能理解为什么大家要把生命都浪费在这么个小地方,不理解村子里的关系为什么会那么复杂。他对很多事物有着本能的自信,就比如说离开村子,越过那座大山。

他像往常任何时候一样,拿出了熟悉的小石子,开始在地上画相同的内容。

他有时画想象中山那边的世界,有时又会画那座山上的地形。

但这时,又有另外一个小脑袋凑了过来。

嗯,他叫小顺。

三

简单的画面反而更加清晰。一个琐碎的相遇细节,成为了阿准脑海里的永动机,日夜运转,现在他又多了一个不能好好种田的理由,但是他没法把这个告诉别人。

第一眼看到小顺的时候,阿准觉得这人实在太老实了,本能地想去接近试探一下。没想到这孩子还真的符合他所有的心理期待。

小顺是个听话的孩子。

小顺能够认认真真地耕田,从不开小差,小顺能坚持耕地9小时,小顺能够把"清规戒律"一字不差地背下来。

但是小顺并不怎么排斥阿准,他到现在都没有想通,自己怎么就在那样一个平常不会开小差的时候鬼迷心窍走到了阿准的破地图旁边。

如果说,有人在冥冥之中推翻了命运的箱子,那代表着阿准和小顺的球就一起滚了出来,绕着某个看不见的点一起旋转。

但是，边人和缘人没有婚姻上的自由选择权，他们能做的就是等一个类人，然后把他们选走。在那个时期，边人和缘人在结婚前没有见过是一件再正常不过的事。

而边人和缘人的家族动物必须属于同类。

小顺家族代表的动物是老鹰，飞禽和走兽不能共婚。

为了维护这些铁一般的"纪律"，长老们又拿出神谕。

——边人和缘人不能私通。

——若私自将两人的脐带打结，就要被驱逐，就再也不能受到神的庇佑。

而"私通"原来是一个很隐私的词，但因为这一事件的发生，使得阿准第一次弄明白这个词的含义。

9年前，由两个家伙，生了两个孩子。

然而，你永远没法在这个世界上藏住婴儿，尤其是藏两个，他们时刻用自己的哭喊来确定自己的坐标。

那两个人知道事情要败露，在孩子出生后不久，就立马收拾了东西，逃到了山里去。于是他们就成了阿准和小顺身边的两具尸体，但好在他们的食物供了两位逃亡者几天，也算死而无憾。

从那以后，阿准便知道原来边人和缘人也能生孩子，哪怕这孩子会受到神明的诅咒。

那两个孩子一出生就被族长抱走行刑。他们的身体被厚厚的布缠了起来，当年阿准被叫过去帮忙，那时他还只是一个刚到长老腰际的孩童。他仔细看了下两个婴儿，当时他们还在开心地笑，丝毫不知道自己被诅咒的命运。

长老把它们带到河边，准备行刑。

边缘类怕水，当整个身体没入水中，他们的大脑就失去了保持平衡的作用，四肢也会不听使唤。

那天晚上，他便看到那两个婴儿被扔入了河里。

于是再也没有人看到过他们。

四

小顺今天一整天都没有出来耕田，这让阿准很担心。

傍晚时分，阿准坐在自家房门口的台阶上。天际线悠悠地吐出一片火烧云来，掩映住云层下时光的缓慢变换。

往常小顺总是会在自己家里吃好晚饭，来阿准家里转一圈。

尽管他们二者之间没什么实质性的交流，聊得内容也未超过"晚饭吃了什么""明天准备干什么"这两大古老话题，但是阿准坚信这能有助于促进他们的感情。

小顺也不知道自己应该说些什么，事实上，他对这类事总是保持着本能的迟钝。

天空的颜色慢慢暗淡的时候，小顺还是来了。

但这次，他却坐在一辆由人抬的车上。车头画着奇怪的动物，阿准大致猜到那是干什么用的车子。

——接小顺去类人的家。

几个人抬着车在经过他家门口时，有人从车上扔下一张纸条，车夫依旧吵闹，没人注意，继续向村子的另一头开去。

阿准小心地把它拆开了看，皱巴巴的纸上画了一幅图，标注了一个红点，还有一行歪歪扭扭的小字。

——"今晚月亮升起之前见面。"

阿准认得那个地方。

就在村子、大山、河流的交汇处。

五

没有人比阿准更清楚这意味着什么。

——今夜不走，他和小顺再也没有相见的机会。

他清楚地意识到自己要带些什么——食物、坐骑，还有武器。

对，武器。

而此刻在村落的另一头，有一户人家已经很久没有这么热闹了。小顺从房间里挑了一把说得过去的石匕，用绸带穿过匕首尾端的小孔，裹住刀刃，藏在袖口里。

他清楚地知道这是他人生最重要的决定。他尽量保持自己内心的克制,冷静地走向外面的鹰棚,像往常一样娴熟地照顾那些老鹰们。

他手上攥紧一卷小小的布带,好像被什么东西浸湿过。

今夜,鹰族的长老还有其他许多长辈都聚集在这里。但是他对这一门婚事毫无兴趣,屋子里的那个人对他毫无吸引力,他甚至都没法说服自己做出一个正常的表情和他谈话。

在他往某只大鹰身上绑布条的时候,他犹豫了一下。

他开始怀疑自己是否真的值得。

他突然想起自己背诵的那些清规戒律。

但是当那个他无法忍受的粗野的声音又在他耳边打转的时候,他觉得一切又不重要了。

他觉得他说服了他自己。

边缘类虽然还只是个原始部落,但他们的屋子已经做了隔断,有些条件优越的地方甚至还做了地下的甬道。

阿准比以往更想得到那把宝剑。

他相信,只有那把剑才能帮助他战胜山上的野兽。

他要为自由和未来而战。

小顺曾经告诉阿准,把雏鹰的羽毛拔下来焚烧可以催眠。他找到小顺送给他的那两只小鹰,把它们点燃,他捂住口鼻,两只雏鹰在屋子里乱窜,不久,大家便陷入了安睡。

阿准一个人进入了长老的房间，他在长老的席子下找到了甬道的钥匙。

所有群族的屋子都有一条甬道链接，这其中一定藏了那件东西。

而小顺则站在宴会一角的窗子旁，他悄悄地把窗子合上，在窗口边放了一个不起眼的香袋。

他们都知道接下来会发生什么。

机会只有一次。

只能成功，不能失败。

六

阿准穿梭在狭长幽暗的甬道内，火把维持着微弱的光线。地下的甬道实在太过冗长，长老特地将其设计成一个迷宫，阿准几乎辨别不了方向。

而在另一边，欢庆的人们点上了所有的火焰，房间内弥漫着烟味。

那个类人想要拉着小顺跳一支舞，本想拒绝的他在众人的起哄声中走向了房间的中心。

舞步并不复杂，只需绕着一个特定的点转圈，但小顺跳得很不自在，他象征性地迈了几步腿，便停了下来。

他想，是时候了。

停下后的他去问别人要了一杯酒，然后绕过满屋子的人，站到了窗边。

他轻轻推开窗的栓子，将杯子里的液体倒在那个香袋上。

酒精混合着奇异的香料，散发出别致的味道。

窗外面的老鹰似乎在同一时间发了狂，小顺早已解开了他们的锁链，他们发了疯似的冲进房间，狭小的室内一片混乱。

少有人注意到，那些老鹰的腿上都绑上了一根长长的布带，上面浸润了油脂。

布带打翻了桌边的蜡烛，火舌顺着布带上窜，整个房间顷刻被火焰点燃。

小顺想要借机从窗口跳出逃生，但是不知被谁狠狠地拽住了手。

他立刻拿出藏在袖口里的匕首，用力地划开那人的手臂，从窗口翻身而出。

另一边，阿准还在迷宫里兜兜转转。但是，他似乎能感知到，有一个力量在冥冥之中推动他前进。

在黑暗中，他几乎放弃了所有的观察能力，完全依托于自己的本能，遵循某种特殊的联系。

他跟随着那个微弱的感应快速走动，左拐，右拐，右拐再左拐，火光变得愈加微弱，他被指引到了一条死路，但是直觉告诉他，宝剑就在前方。

阿准用手轻轻去推石壁，整座迷宫发出一声轻响，面前的墙壁开始缓慢移动。

他看到安放在石碑上的宝剑，石碑的另一侧则是一个通道。

剑虽然有点沉，但还算得上称手。

阿准迅速从一旁的台阶上行，回到了地上后，在兽库里挑了一匹豹子。

他们马上就会醒来，现在刻不容缓。

七

现在天空开始下雨了。接近山林的地方腾起一片雾气，绿色植被在黑暗中接受水汽的巡视。

小顺正坐在阿准豹子的背上，两人成功回合，但是两人并没有因此而安全。

山林中的地势更加复杂，而且长老们已经发现他们逃走了，整个树林都是长老的哨声。

长老们有一种特殊的哨子，用来驯服动物。现在整座山内的野兽都蠢蠢欲动，阿准也意识到他越来越难驾驭身下的那匹野兽了。

雨势越来越大，地面变得更加泥泞。密林中，一个急弯处豹子把他们从背上摔下，它跟随着长老的哨声，逃到了林子去。

现在，又只剩他们了。

哨声还没有停，他们能感受到有什么东西在雨水中向他们逐步靠近。

越来越多的猛兽从树林里钻了出来，巨蟒、狮子、老虎，甚至还有犀牛都从看不见的角落冒了出来。

阿准知道，现在就是面对一切的时候。

他右手将剑甩向空中，剑身又回到他的右手中，剑鞘则被他的牙齿咬住，他左手拿着特殊的膏脂，具有麻痹肢体的功效。

一只硕大的犀牛率先向他冲来，但是他并未选择正面迎击，而是侧身滑入他的腹部。

他探出自己的剑来，滑向犀牛的腹部。

但是宝剑并未有传说中的能力，它甚至变得有点钝。

阿准心里默默骂了一句：神的东西果然都是坑人的。

犀牛腹部长满短而坚实的毛，那些毛发缠绕在一起，变得更加坚硬，以至于让剑划开他们。

阿准从它的侧面探出身来。这次犀牛选择更为暴力的进攻方式，直接用牛角顶撞，阿准便也直接用剑和它对抗。

在犀牛的蛮力面前，阿准几乎微不足道，他的呼吸越发沉重，气息吐出时穿过了剑鞘上的空隙，好像发出了一个低沉的声音。

阿准观察到犀牛在刚刚那个瞬间似乎向后退了几步。

他尝试着吐出更多的力气，剑鞘发出的声音更加明显，一个低沉的声音从鞘身传开，逐渐盖过尖锐的哨子声。

在这样一个瞬间，事物的声音反而变得清晰。他能清楚地听见雄鹰抖动自己翅膀，能听到巨蟒吐出芯子，然后事物逐渐趋于平静，野兽不再狂躁，他们都退回自己的林子里去。

阿准和小顺长长地舒了一口气。

雨势依旧很大，他们在林边找了个山洞暂时歇下。

八

洞口内有两具尸体。

小顺第一眼看到他们的时候，整个人都不太自在，但他努力维持表面的平静。

他们猜出了这两个人的身份，9年前那两个家伙，只是他们死得很难看，身上布满了红色的斑点，应该是中毒所致。

阿准环顾四周，洞内的岩壁上有一层赤苔，在传说里这是有剧毒的物质，沾上一点就会毙命。

但是阿准无暇关心这些。

外面的雨很大，两个人的衣服已经湿透。小顺的头发紧紧地贴在了脑袋上，像是动物的尾巴，乖顺可爱。

阿准望着小顺，他能听到内心的原始的冲动。

——好的，现在他们马上就要离开那个神明管辖的地方了。

阿准不知道哪里来的勇气，硬着头皮把手伸向了小顺的腹部，他笨拙地解开那个扣子，笨拙地把手伸向肚脐。在这一整个过程中，小顺并没有反抗，他只是把头别了过去，望向别的地方。

从理论上来说这不是一个复杂的过程，但是他的每一个动作都格外漫长。

他的身体也在不由自主地颤动。

——紧张，兴奋，这都不重要。

他慢慢把小顺的脐带从他的腹部里抽出来，但是突然之间，他停下了动作。

整个世界都在震动。

他看到石头从石壁上滚落下来，把它们两人向后逼退了几步，然后整个洞口被彻底封死，只留下一条狭长的缝隙。

阿准没敢看小顺的表情，但是，他清楚地听到了他的声音。

——"我们……是不是被……诅咒了？"

漫长的一个停顿之后，小顺开始没有止境的哭泣。

九

小顺醒了。

他又开始哭了。

这不是普通的哭声。没有一般的哭声那样波澜起伏,小顺哭得很平均,你能观察到他脖子下面的肌肉不断上下推动,发出一个呜咽的声音。晨光在洞顶的细缝慢慢扩散,哭声贯穿整个洞穴,构成了一幅极不和谐的画面,让阿准起了一层鸡皮疙瘩。

自洞穴合上之后,小顺就再也没有连贯地说过一句话,除了吃饭就是哭,或者胡闹,动用自己最原始的机能,向神明赎罪。

阿准试过吹奏剑鞘,但是根本没有用,他完全失去了理性,没有办法再平静。

现在,他脑海里的那些"清规戒律"可能正逐条袭击着他的理智,一点点瓦解他仅有的思维。

——更何况他还触犯了最严重的一条,尽管未遂。

而阿准就成了一个被拒之门外的局外人。

他现在仍旧不清楚接下来会发生什么,他对这种哭声也束手无策,他有点好奇外面的村庄怎么样了,长老是否还在愤怒地寻找他们,他们各自的族人有没有受到牵连。

他突然有点自责,有点后悔,他只能把小顺抱得更紧些。

但是，这一切都不管用。

他只能看着小顺陷入没有穷尽的折磨，自己也被拖进这个漩涡。他们仿佛被拖入了一个无底洞，不知何时触底，但是下落的感觉让人始终感到不安。

又是一阵轻微的余震。

小顺在这种时刻往往会哭得更加厉害，以至于阿准这样从来不信鬼神的人都产生了一些自责、一些怀疑。

洞穴侧壁上，一些赤苔被石头卷了下来，正好落在了小顺的视线范围之内。

一时间，小顺无法平静，他想要越过阿准，去抢地上的苔。

阿准狠狠地钳住了他，但是小顺依旧不依不饶地把手伸出来，渴望越过眼前的障碍，拿到地上的毒物。

正在两个人纠缠之际，又一轮余震开始了。

新一番的石头又滚了下来，埋在赤苔上。

小顺慢慢放弃了自己的挣扎。

他开始哭，只不过这次哭得很响，所有的力气全都在这一刻爆发。

他的声音已经失去了之前的弹性，变得哑而脆。

这晃动丝毫没有停止的意思，反而更加剧烈。

阿准看到面前的地面上有一条裂缝，他迅速抱起小顺向后逃去。地上的缝隙反而越来越大，一股莫名的力量将地面撕扯开，裂缝处腾起了土石的灰尘。

小顺在他的怀里昏了过去，他们逐渐退到了洞穴的最底部，面前的土石在裂缝处不断下滑，阿准捂住小顺的头，大概过去三四分钟，土石停止移动，原本的洞穴变成了一片峭壁，他们重新暴露在日出的阳光下。

突然增强的光线刺得阿准睁不开眼，当他把手从眼前挪开时，才发现，整个世界都不一样了。

——原来的村庄被泥石流淹没，山脚下变为一片平地，河流也被截断，土石在上面堆积了一座桥。

被神明庇佑的边缘类不存在了，被神明诅咒的人反而活了下来。

阿准跪倒在悬崖上，也开始大声地呼喊。

而在很远很远的地方，升起了一缕烟，阿准知道他们是谁了。

他们长大了。

尾声

后来，小顺醒了过来，对发生了什么毫无印象，他完全不记得自己前几日号啕大哭过。

他们越过了河流，找到了远处烟雾飘来的地方。

——9年前的那对双胞胎，他们其实没有死。

等阿准和小顺有了自己的孩子后，他们便逐渐明白了其中的原因。

——他们的孩子已经不再是"边缘类"了,他们是一种新的物种,在怀孕期间一直生活在液体里,在刚出生后依旧掌握在水里游动的技能。

他们生了几个孩子,他们的孩子又和那对双胞胎生了很多孩子。

他们的子孙离开了原来的土地,在开阔的平原建立新的村庄,生了更多的孩子。

但自那以后,所有的婴儿只有两种性别,后人把他们称为男人,或者女人。

黑名单

黑名单

彭 康

〈一〉林中泉

月光透过稀疏的枝丫，细碎地洒在这一方小池中，四下里一片幽静。池边那女子双手后撑，将双脚浸在清凉的池水中。干净利落的黑色短发下，紧身的作战背心勾勒出动人心魄的曲线。身边那团卷起的白色衬衣上，一块火红的石头正置其上，石头上镌有奇异的花纹，伴随着女子的呼吸声闪烁着红芒，远远望去如微风中摇曳的火星。

女子赤裸的双脚无意识地踢打着水面，凝视着湖面中心所投射月亮的倒影，不知沉思着什么。

一阵急促的脚步声打破了这优美的寂静，来人径直走到女子身旁坐下，伸出臂膀，环住了她的腰部。

"还在想他们?"男子温和的声音响起,"你在这边待了快两个纪时啦,我怕你会不会出了啥事,这里可不是源星啊。"①

"我没事。"女子轻微地摇了摇头,顺势将头靠在男子的肩膀上,"紫紫怎么样了?"

"她恢复得差不多了,她是没受多重的伤,多亏……"男子面色一黯,显然是联想到了什么,"她之前还跟我打听你在哪里来着,现在应该睡了吧。"

女子显然明白男子话音中的停顿所为何故,没有言语。

"还是怪我,要不是我……"

"别说了。"男子欲说出的话被女子迅速抢断,"现在说这些没什么意义了,他们已经走了。"

男子无言。

"我好累。"女子的身体向男子身上靠得更紧了些,"峰,你说我们做这些,值得吗?"

刘峰转头凝望那颗仍不断闪烁着的红石,眼中闪动着令人捉摸不透的光芒。

"联盟的任务又有什么值不值呢,我们只能拼命去做,至少我希望我回去后不会为我在这段时间的行为感到后悔。"

---

① 纪时:新星联盟所定计时单位,一纪时 =0.7 小时。

他话音变柔:"我们该回去了,小燕。再过两天等仪式结束,我们,就可以回家了。"

〈二〉噩梦

苏小燕绝望地狂奔着,穿过这片树林后前方便是一望无际的平原,再跑下去,她就会失去与身后那头发狂的巨兽周旋的最大的优势。

然而她别无选择,她只能跑。

她不知道自己为何身在这里,为何处在这样无助的境地。她身上的衣服破烂不堪,腿上也划开了数道口子。她的右手正紧紧攒着那枚妖艳的红石头。

低矮的树丛不断地阻拦令那头暴龙的耐心消磨殆尽,它不断地怒吼着,一边杂乱地拨开那些缠人的藤蔓,一边用令人心悸的眼神死死盯着苏小燕。

它的身上遍洒着鲜血,右后肢也明显行动不便。

那些血。苏小燕突然悲伤地想到,那些血除了这巨兽的,更有导师的,大武的,小雷的。

泪水夺眶而出,而脚步仍然不能停下。

眼看即将穿出树林,面前突然出现两个熟悉的背影,一个身材健壮的男子和一个体态娇小的女孩。

"刘峰!紫紫!"她有些惊喜地喊着,随即声音又转为惊恐,"快跑啊你们!"

身后的怒吼声不断传来,苏小燕迅步向前疾奔。

"刘峰,跑啊!"她怒吼着,可跑近时看到的景象却让她有些呆滞。那两人的脸分明紧紧地贴在一起。

苏小燕有些头晕目眩。而此时,两人的脸全部转了过来,面对苏小燕。

他们的脸上,空无一物。

〈三〉大典

"苏姐,苏姐!你怎么了?"

苏小燕猛地惊醒,一个眉目清秀的女孩正伏在她身旁,神色焦灼地盯着她。

她惊讶地发现自己正以一个紧紧蜷缩的姿态躺在地上,身上裹着刘峰的大衣,如同一只冬眠的小兽。

"你刚才突然开始尖叫,我赶忙冲过来了,还以为你出了什么事呢……"秦紫紫一脸心有余悸,"你还好吗?"

苏小燕想起刚才那个梦境,不知为何,面前这个娇小的女孩突然让她感到有一些颤栗般的寒冷。

她无奈地笑笑:"只是个梦罢了。"

她从地上爬起,拿过角落那件自己的衬衣套上。"现在几点了?"

"刚好6点，再有半个纪时乌波的典礼就要开始了。"秦紫紫答道，期待的神情不经意地流露在脸上。

"那赶快去吧。"

行往祭祀地点的途中，苏小燕不禁又回想起了从几天前开始一系列奇怪的遭遇。

他们作为新星联盟的星系勘探小队，在11天前登陆了这颗位于B15星系边缘的行星AM872。原本只是简单的勘探任务，很快就能完成。而刘峰却说在出发前联盟交待他有特殊的任务，若是登陆AM872这颗星，务必要去寻找一种玄石的样本。经过随行导师赵教授的思索研究，他们将探索地点延伸到了这片区域。

而后面发生的事这辈子苏小燕都不会忘记，她们到达这区域的第二天，刘峰就在一次独自外出后带着与图鉴上一模一样的石头返回了营地，如资料上所说的带有诡异的花纹和奇异的光芒，而他却说附近除了这块再没见到别的。

而就在他们准备返航的前几个纪时，他们突然遭到了生物的袭击。几只体型庞大的野兽踩碎了营地的伪装，对毫无准备的小队突然发起了进攻。十一人的小队只有他们三个人逃了出来。

并非野兽放弃了对他们的追杀，而是在逃到这边林地时，当地的土著保护了他们，尽管在这之前他们从未与这星球的智慧生物发生接触。

经过 A.I. 的辅助翻译，苏小燕明白这群名为乌波的当地人，会保护他们纯粹是因为那颗晶石的原因。她也注意到那些乌波人的颈上都用细绳系着一颗如出一辙的晶石。

回到村落以后他们接受了酋长的接待，所得到的信息是这里的人信仰火之神，"乌波"就是火神的发音。而他们能得到那块石头说明得到了火神的认可，他们可以选择留下，成为他们的一员，或是留下晶石并离开。

而刘峰却突然提出想要观摩乌波大典，并希望离开时获得乌波人的帮助抵达飞船处，酋长欣然同意并安排他们在部落中留宿。

而在此前苏小燕却并不知道有关这个大典，她不知道刘峰为何会了解这么多。

从踏上这颗星球的土地开始，苏小燕就开始觉得，她的伴侣的行事处处诡异。

她觉得有些什么，但她又想不出她觉得奇怪的地方在哪，伙伴的死很大程度上打乱了她的心智。

而后来冷静下来想想，那场袭击的时间简直太过巧合，而在此之前毫无野兽暴动的迹象。

一路上行径的草屋全都空无一人，所有的乌波人全部聚集去参加大典了。

和秦紫紫两人一路无话，到达祭祀地点时，从人群旁一眼看到了装束迥异显然已经等待多时的刘峰。

她抛开那些杂乱的思绪，走了过去。

〈四〉红黑名单

聚集地所在是一个由木棒垒砌的高台旁的大片空地。高台上仅有酋长一人站在那里，手持带有奇妙花纹的权杖，身旁是一簇一人高熊熊燃烧着的火把。

"你接下来见证的，会让你觉得，我们所做的一切值得的。"

她皱了皱眉，回头看向刘峰。"你好像又知道了些什么。"

被火光照耀地通红的脸上，苏小燕看到了刘峰身上从来没有展现出来的一种莫名的狂热，这让她感觉有一丝惊恐。

秦紫紫猛地抓住了苏小燕的手。"苏姐，快看！"

酋长掏出了一张火红的纸，将权杖在空中舞动一周，随即将信纸置入了身旁的火堆。

酋长胸前的玄石猛然飘起，上面的花纹猛烈地闪动，数道红光从玄石中激出，指向台下站着地数个族人。

那些族人踏前一步，玄石同样飞起，花纹闪动似是表达着回应。

苏小燕注意到，这些人，都是乌波族中最衰老的人。

酋长高喊了一句什么，将权杖猛然一挥。

苏小燕的瞳孔瞬时缩小到了极致，她无法相信眼前所看到的一切。

"……这……这是？！"

"没错，这就是人类从地球起源就开始追求的，永生的力量！"

那些族人身上衰老的痕迹如海水退潮一般急速消去，他们佝偻的脊背挺起，面部的皱纹渐渐消失，甚至连肌肉的纹路也以肉眼可见的速度在体内增长。

"乌波！"所有的乌波族人开始怒吼，庆祝这"新生命"的诞生。

苏小燕此时已震惊得说不出话，她看向刘峰，期盼着他能够给出解释。

然而刘峰却无暇顾及她，他的兴奋肆意地从每一个毛孔放射出来，他的瞳孔赤红，脸部也变得有些微微扭曲。

而酋长又拿出了一张黑色的名单，咕噜着说了些什么，同样投入了火中。

这一次闪动的不再是红光，而是诡异的黑色。猛然之间，几名族人的身上爆发出火焰，肆意地烧炙着他们，火中的他们迅速衰老，逐渐变得矮小，再倒下去。在他们痛苦的嘶吼中，其他乌波人的呐喊反而更加高涨。

"用生命，换取生命……"苏小燕呢喃着。

酋长走下祭坛，族人们纷纷让开一条道路，酋长径直来到刘峰面前，向他索要那颗同样炽热的玄石。

刘峰低下头，伸出手，径直伸到酋长胸膛处。

收回时，鲜红依旧。

酋长缓缓倒下，红光的重生力量似乎并不能帮助心脏破裂带来的死亡。

乌波族人在短暂的惊诧后怒吼着蜂拥上来，苏小燕也被愤怒的族人团团围住。

而在他们能够接到刘峰之前，密集的枪声从林中响起。一辆辆机甲部队从林中驶出，对着手无寸铁的乌波族人肆意扫射。

"很抱歉欺骗了你，但这细胞活性技术对于全人类的未来实在过于重要，这也是我和紫紫潜伏到你们小队的原因。"刘峰眼中透着无比的狂热，欣赏着这片他一手造就的屠戮盛宴。

秦紫紫嫣然一笑，搂住刘峰。"对不起咯苏姐，记得到了那边帮我们和赵教授道个歉咯……"

轰鸣的机枪声中，却依然可以听见苏小燕的惨笑。

〈五〉最后的黑名单

一片狼藉之下，机甲开始清扫红色晶体，而刘峰一脸玩味地看着苏小燕。

苏小燕眼神迷离,赤红的液体缓缓顺着她身体的曲线淌下,滴在酋长身旁,滴在那系着的一簇黑名单上。

那漆黑的纸片吸收了鲜血,三个名字缓缓浮现。

刘峰惊怒的目光中,火焰从他手中的玄石冲天而起,燃着了他,燃着了倒地的苏小燕,以及一旁的秦紫紫。

他还想说些什么,但他疾速衰老的声带再无力承受他的怒吼,他皱纹满面的面目不再疯狂,而透出恐惧。

他倒下去。

他视野中最后剩下的,是枯槁的秦紫紫布满皱纹的脸上无比的惊恐,是火光中的苏小燕映着诡异耀红的笑容,是那片黑色纸片又一度在漫天的火烧云下闪动了一抹墨黑的流光。

他什么也看不见了。

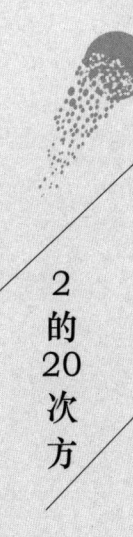

2的20次方

2 的 20 次方

彭 康

一

在李亚明博士走上 2057 奥博亚洲论坛讲演台的一刹那，在场大大小小的摄像头全都转向了他，这个近几年来在生物电子信息领域不断地实现划时代突破的男人。闪光灯此起彼伏，镜头下的李博士穿着一套熨得发亮的西服，年过 60 的他发色已见银白，那条发际线也退到了最后的"海"边，不过此时他的面色却显得容光焕发，握着讲稿的手也因太过兴奋而微微颤动着。

"在我开始今天的讲演之前，我想先在这里，向中国、向全世界宣布一个消息。"

在场的所有学者和记者不约而同地屏息了，看着台上那个面色红润、喘着粗气,却未失风度的老人。

亦有一小部分对李博士近年的工作方向有所了解的人,他们大多猜到他将说的是什么,彼此对视的眼神中透露出近似狂热的兴奋。

李博士嘴角微微扯起一个弧度,没有再卖关子下去。

"我宣布,中国,也是全世界第一台生物电子大型计算机【天河×号】正式开始运转,他的计算速率可以达到之前的【银色飞鸟号】的十三倍之多。这是生物电子信息技术在运用方面迄今为止最为完善而强大的研究成果!"

屏幕上的一段视频也随着男子的话语声恰到好处地开始播放,那如今摆放在国家三级隐秘地下研究所的庞然大物才初次显露真容,银灰色的梭形外表已十分引人注目,而旁边一系列繁密的运算数据能力的对比更让人明白,这个物件的出现,将为进一步改变人们的生活给出多么大的助力。

而最不能让人忽视的,还是李亚明博士自己,他从一个专业的生物医院研究者跨至计算机领域,并在短短20年间将两者相结合。开始提出生物电子信息的概念时,他就被许多当时其他的知名学者所质疑,甚至被挖苦为"新时代的布鲁诺",但随着他一个又一个奇迹般的突破,那些质疑者慢慢没了声音,支持他的呼声也水涨船高。

此刻,掌声雷动,全场沸腾。

全世界收看这场直播的数亿观众,也不能再为这个男人吝啬掌声。

公元 2057 年 11 月 17 日，天河 × 号正式开始运转。

二

趁着她低头小口啜饮着饮料的间隙，张一一打量着坐在对面的这位面容精巧的女孩。从两旁分开的刘海露出额头和弯月般的眉角，垂下的青丝有心地梳到耳后，小巧的鼻子一耸一耸的，一席缀有黑色斑点的白色长裙兼并了活泼与端庄。

许是感觉到张一一近乎灼热的视线，一只小巧的黑色靴子恨恨地踩在对面人的脚面上。张一一吃痛，抑住了差点脱口而出的骂声，看着女孩耀武扬威挥舞着她的小拳头，讪讪地收回目光。

女孩故作嗔怒，一对丹凤眸子里却漏出几分笑意。"看不出来啊张一一，你倒是贼心不死嘛。"

男子连忙坐的端正了几分，一脸正色。"你想哪去了，我就是发了会儿小呆你也要自作多情啊，这么臭美的人……"

话没说完，被那外表乖巧却内里张扬无忌惯了的丫头瞪了一眼，顿时不敢再说下去。

"张一一，你到底想好了没啊，你真的要……"顾漫眨了眨眼,那个本要脱口而出的词却仿佛卡住了一般,她便换了个问法,"你真确定要去做那件事么?"

"是啊,当初我可是和你说过的,你不愿意和我在一起的话,那我也只有想办法去死咯。"张——懒洋洋地笑着,说的话好像是完全事不关己那样随意。

顾漫听见那禁忌的话语,也不由得紧张地转头打量了一下,生怕有人听见他们正在谈论的匪夷所思的内容。

"这个你就不要想了,虽然对你这个人挺好奇,也想看看你这样做到底有什么后果,但我还不想把自己搭进去呢。"

顾漫的话里带了些不容置疑的意味,张——只笑了笑,又想起不久前和这家伙第一次见面时的情形。

他也不清楚自己对顾漫的情感是否是那书上所说的"爱情",至少这是第一个在他表露出想要找个伴侣的意向之后没有落荒而逃的女子,也没有把她正在喝的那杯鸡尾酒泼向他还算潇洒的脸庞,更没有嚷嚷着全酒吧的人来围观这个新世纪的奇葩。

那天的她瞪大了眼睛,脸上没有半分的厌恶和惊恐的神色,反而被惊讶挤满。

"张——,你怕不是读书读傻了吧?"

她摇着脑袋说出这句话,指尖在吧台上轻轻地绕着圈,坐在高脚凳上的她轻轻晃着两只小脚,略紧的牛仔裤勾勒出吸引人的弧线。

"所以我们还是来看看,你找到的可能能实现我第二个愿望的方法吧。"张一一用手揉了揉脑袋,无奈道。

三

张一一的两个愿望很简单,却又很不简单。

他的第一个愿望是找到一个女朋友,或是伴侣,或是妻子。他其实不是很清楚这些词语的区别,因为这些词已经淡出人们的生活很久了。

他的第二个愿望是死亡,但同样的,现在许多人甚至都不知道死亡又是什么概念。

所以他们会对那两条所有人都知道的禁令嗤之以鼻。

一、所有新人类不可以与异性交往。

二、所有新人类不会死亡,也不可尝试自杀。

迄今为止没有人知道违背禁令的后果是什么,因为没有人会想去违反。

他们拥有漫长的生命,他们也不需承担什么责任,发展至顶峰的人工智能可以服务人类所需要做的一切工作。

对于这理论上的"最后一代"地球人而言,他们需要做的只是活下去就好。

新世纪那场对人类基因的改造稳定了人类数量,使得对地球所剩不多的资源的消耗达到了最小。而科技的发展也到达了一个瓶颈期,除了那少部分愿意将无限的生命投在看不见丁点希望的科研上的人,大部分人都更愿意在自己的世界内偏安一隅。

基因改造工程除了对新陈代谢的抑制,为了确保现存人类的数量不会衰减,进一步地强化了人体的痊愈机能,这个高度人工智能化的世界本就不会出现太多意外的情况,而任何伤势都能在短时间内自愈的人类,更是让他们再无需要思考有关存亡的忧患。

可是张一一偏偏就想要去做这第一个吃螃蟹的人。

并不是说他多么渴望去拥有一份感情,或是厌烦了生命,同样不是孩子气地对制度无理取闹的好奇。

从张一一最早记得的那天开始,他就总觉得身边触手可及的世界似乎不那么真实写意,资料库里的书籍对公元 21 世纪之后的历史总有些语焉不清,这几千年来整个地球的故事居然只是平稳的发展和少有的一些小摩擦。

尽管现在很少有人能够了解到古代的医学知识,但张一一却从那历史的碎片中七零八落地拼凑出了一些蛛丝马迹。他暂时还不能做下准确的结论,但他能确定的是,目前人类的基因改造状态和古人类相对比,绝对不是当时的古人类的医疗技术能够达到的水平。

那么,现在得以终日享乐的这一批新人类又是如何而来?之前销声匿迹无法长生的古人类真的全部灭亡了吗?

张一一总觉得一切的背后仿佛有同一只无形的大手,

握住这个世界的命脉，蒙住了所有人的双眼。

他不去也不敢想象，如果自己的推断是正确的，会是什么样的后果。

但他还是要尝试着去证实自己的想法，而不是和身边的大多数人一样，做只知欢笑从未思考的行尸走肉。

在再无更多信息帮助的情况下，他选择了打破禁令这一条道路。

通过了长达两年时间的计划与研究推想，现在张一一至少有一件事是能够确定的。

当他"杀死"自己以后，他绝对不会如古人类那般死去。

因为当今的总人口必须要保持在恒定不变的 1048576 这个数量上。

那全部的两条禁令都是为了这一个目的而服务的。

2 的 20 次方。

四

"李博士，这是我们观测到的疑似目标的样本数据，一共有 17 个，您是否现在看一下？"

李亚明的手指小心翼翼地摩挲着这一叠报告的边缘，即使在接过诺贝尔奖的那一刻也未见到这位老人像现在这般紧张，而此刻的他却像一个偷偷跑到老师办公室询问成绩的男孩那般局促不安。他一页页地翻过这叠报告，不愿让一个字符从自己的眼皮底下溜出去。

"样本特征有些吻合了，还需要继续观察吧。"李亚明推了推眼镜，放下报告对助手道。

"老师，您别太担心，我相信最后一定能够成功的，对她来说这根本不算什么。"老人曾经最亲近的学生许是看出了老人眼里深藏的一抹失望，安慰道。

李博士摆摆手，笑了笑，没有多说什么。

天河×号已经工作了半年了，它的价值已经被全世界所认可，这半年来，数千项原本陷入停滞阶段的科研项目因为天河×号的辅助出现了转机。李亚明博士在这半年内获得的美誉已经超过了数位历史上有名的科学家的总和，生物电子信息工程也摇身一变，正式作为新一代科研最前端的方向被各大高校和科研结构所接纳，只不过现今的权威只有李博士一人而已。

如果你能看到这样的结果，你会笑得像那样开心吗？还会嘲笑我当时没有眼力劲吧，是个执迷不悟的老古董。

李博士又一次望向桌上那张最显眼处的相片，画面中搂着当年的他的少女笑靥如花，列出十余颗洁白的牙齿，瀑布般的长发顶端别着一枚浅蓝色带有微小枝节的发卡，整个人散发着自信的魅力。

时间……可能已经不太够了啊。

五

"你觉得问题的关键在于天河×号？那个21世纪的突破性工程？"张一一阅览完顾漫带给他的资料卡，陷入沉思。

不知为何，想到天河×号，张一一的脑海中突兀地刺痛了一下，但随即消散。

顾漫点点头，"假设你的想法是正确的，21世纪的那一段一定发生了一件足以成为转折点的事件，足以掩盖之后的世界进程，甚至是完全编写历史，瞒天过海。天河×号的出现推动了整个人类文明的飞速进步，但理论上新式科技的发展也会加剧阶级差距的隐患，卓越的人工智能替代人类的基础工作会使得一大半底层劳动力流离失所，在没有任何全球性相关政策出台的情况之下居然能一直维持风平浪静，而人口问题居然也一直微妙地保持平衡，直到新纪元前的能源告急危机时都没有暴发较大规模的冲突。理论上来说这样的事情发生的可能微乎其微。"

顾漫的声音因激动变得高亢而尖锐，引来邻近人怪异的眼光，外表清纯可人的女子却说着令人费解的奇怪言论，很难不引人注目。

"天河×号作为第一代生物电子信息工程的杰出产物，它的模型和全部资料被保留在星道博物馆里，我拷录下来的全部资料都在这里了，如果你觉得这没有什么帮助的话，可能你亲自去那边看一下会有收获也说不定。"

"不过，我建议，如果你不如之前那么坚定自己的想法，就把这当成一份普通的资料随便看看吧，不要陷在里面了。"

"我得先走了。"

顾漫将那张资料卡留下，跳下坐凳，轻轻地离开了。背对着沉思的张一一，她朱唇微启，最终还是什么都没说，只留下一道白色的身影渐行渐远。

她有些期待下一次再见这个人。

却不知道是否还有机会能再见。

她隐隐有了些推断，但她没有去告诉张一一，她更不是张一一。出于兴趣，她走到了这里，但那个可能的结果，让她不想再走下去了。

"生物电子信息工程……"

"天河 × 号……"

张一一看到了这份文件中最核心的位置留下了顾漫的批注，几个红圈摘出了整份文件的关键信息，也让张一一的心中有所了然。

"新技术第一代的产品天河 × 号使用了由李亚明博士率先提出的生物电子信息概念，用培育的生物脑替代核心CPU，由 1048576 台组件相互串联同步激发运算技能，大大降低了功耗并显著提升运算速度……"

"李亚明博士……"

"1048576……"

张一一拿着那张资料卡,面色说不清是喜悦还是苦涩。他明白了顾漫的暗示,他也能够理解顾漫做出这个选择的原因。对有些无力改变的既定结果,可能在什么都不知道的情况下接受才是最好的处理方式。

但对于张一一而言,这就是他一直以来所求的,他当然要走下去。

哪怕是走到世界尽头,真正的尽头。

张一一现在知道他该怎么做才能去打破那个规则了。

他放下手上的资料卡,闭上眼。

他长长的吐了口气,屏住呼吸,开始感受眼前的这片无尽的黑暗。

在黑暗之中,那些困扰他依旧的问题似乎都飘到看不见的地方。一同远去的除了耳畔的喧嚣,似乎还有一道穿着白裙的倩影。

他不去听也不去看,他什么都不再思考了。

……

六

张一一再度睁开眼的时候,面前站着的是一位身材中上的老者,花白的头发却没令他显得苍老,鼻梁上的金丝边眼镜增添了几分威严，一双微微眯起的眼睛在镜框后面笑吟吟地看着他。

张——打量了一下四周，这间房间不大，长宽不过四五米，墙体和天花板都刷得粉白，大功率的吊灯照亮了这一方天地，老人一席淡蓝色的衬衫在这里确实尤其显眼。

房间里除了他再无一物，老人双手背在背后，似乎也是什么都没有拿，就那样看着他。

张——做了个伸手的动作到自己的视野里，却什么都没有看到。

这不意外。

"没猜错的话，您就是李亚明博士了吧？"

张——没有听到任何声音，但面前却出现了一行倒映着的浅蓝色文字，和他刚才说的那句话分毫不差。

"没错，孩子。"李亚明压抑住内心的激动，缓缓地说。

"我想您有些话想说，我要先说我的推断，如果有不正确的，您可以打断我。"张——说。

老人点点头。

在张——看不到的地方，老人交缠的指尖甚至因为过于用力而隐隐发白。

"新纪元的存在，是全部虚构的，只是架设在天河×号中心服务器内的一个模拟世界。

"作为生物电子信息工程地组件，这批仿人生物脑必须得保持活性并受到相关联的刺激才能够发挥最大的运算能力,因此用服务器在这批'组件'的脑海里投射出一个虚拟的未来世界。他们只需要在那里活着,保持这个世界的存在和持续,就能够维持天河×号的运行。

"两条禁令本是中心模块传达的语言,然而,在高度拟真的模拟世界里却存在着一个隐患,就是仿生脑的数量是固定的,不可能有新的意识体出生,也不可能让一块组件失效。因此必须用看上去很牵强的理由欺骗所有人,让他们接受人类的数量也可以恒定不变的这个概念。

"意识体是没有办法被毁灭的,所以我不可能在那个世界用物理的方式自杀,但当我意识到这一切之后,这就变成一件很简单的事情了。

"对于一台除了思考别的什么都不要做的机器,停止思考,便是死亡。"

"但是对于组件而言,死亡也不过是维修之后,继续投入使用而已。"

随着屏幕上一行行文字飞快地闪动,老人一直缓缓点头,直到蓝字停止跳动,老人才开口。

"如果我说,你的想法,都是正确的,你还想说什么呢?"

失去五官的张——现在没有表达情绪的能力,就算有,他也不是特别明了现在的自己是什么心情。

是怅惘,是失落,是愉悦,还是解脱?

他本以为自己是个胜利者,可到头来,知道了真相,打穿了这一厚重的帷幕,又如何呢?

扮演小丑的演员脱去装束,卸下了化妆,就可以回到台下的人群中去,混为一体,做回自己。

可是那个一直没心没肺笑着的滑稽小丑,一辈子还是只能留在台上,哪也去不了。

张——战胜了规则,可此刻他倒真的有点羡慕顾漫了。

尽管只是差那临门一脚,退回去,便是没有发生过。

他本以为此时应该对这个人生出怨恨,他亲手编织了那个不存在的梦,欺骗那些泡在营养液里接着电极的百万个大脑,但是似乎也并无什么怨恨的理由。

"没什么,只想说。

"缸中大脑这个在 20 世纪都被玩烂的悖论,居然还是被我解出来了,不是吗?

"没人能证明自己的人生不是一场虚幻,可我证明了他就是。

"这就是张——应该做的事情啊。"

七

"你说了这么多,能不能听我也讲个故事呢?"当下世界最为炙热的明星,最新一代诺贝尔得主,生物电子信息之父,这个光环加身的老人此刻却毫无形象地坐在地上,双手撑地,缓缓说着。

"我很乐意,我想,这个世界的故事应该比那个没有痛、不会死的世界更有意思。"蓝色文字又跳了起来。

"20年前的我,别说生物电子信息了,我连计算机都是只会使用而已,可不懂什么编程什么传输。我想的不过是好好做个医生,在这行做了半生的我当然也没其他想法。

"我的女儿,李季一,受我影响,也进入了这个专业。可她却跟墨守成规的我不一样,她总有那么多天马行空的想法,她自小对计算机非常感兴趣,才7岁就能自己拆装当时的二式极导体传播器。20岁那年,是她第一次提出生物电子信息的概念。"

"她可真厉害。"张——忍不住称赞。

"谁说不是呢?"回忆过去的老人眼里也绽放着神采,可嘴角却有些苦涩。

"她从小就不听话,所有我说了不许做的事情,她都要偷偷去做。我否决了她的想法,说这根本不可行,我本来以为只是她一时兴起就没有多考虑,没想到她却私底下偷偷拿她生病的朋友做她那生物电子概念的实验。我勃然大怒,出手打了她,怒斥她在胡闹,拿病人生命做儿戏。

"她难得地没有反驳我,只说了一句话,便跑了出去。

"我会证明我是对的,就像以前每一次一样。"

……

"看起来,您现在倒是和您女儿站在了同一阵线了呢,是不是很后悔啊?"蓝色文字这一次,倒是体现出了几分调笑的口吻。

李博士叹息一声。

"20年了,没有一天我不在后悔,没有一天我不想告诉她,当时我太自负,太不在意她的感受,没有去认可她想法的可行性,没有去看看是不是我的认识太片面……"说着,李亚明的眼前已经有些湿润,他用力眨了一下,却还是有一滴珍珠沿着眼角划过镜框。

"她是不肯接受您的道歉么?"张——问着,也不免受到了一些触动。

"我不知道……"李亚明迟疑了一下,似下定了决心。

他上前一步,一直背着的双手拿到胸前铺开,一双浅蓝色的发卡静静地躺在手心里,他吸了口气,说:"——,爸爸当年说好给你重新买回来的发卡,抱歉,一直拖到现在才能给你,爸爸一直说话不算话……真的太过分了。你当时那个构思,虽然有一点点不成熟,却真的是天才之作,爸爸当年那么说,还动手打你,爸爸是真的抱歉,真的知道自己错了,你……可以原谅我吗?"

张——在看到那两枚发卡的一刹那,如遭雷击。

老人抑制不住,已是两泪纵横。

一幕幕尘封了好似有数个世纪之久的画面在脑海中划过,她丢了一枚发卡很不开心,央求着父亲再给她买一套时的情景;她刚被父亲教训完,还是要偷偷溜出去和男孩子踢球弄得一身泥的情景;她拿到计算机竞赛奖项时父亲骄傲的脸;他们出去玩时,那时还高大的父亲将瘦小的她背在脖子上举起的情景……

她也记起了那天,被父亲责骂以后,气鼓鼓地一个人跑出门,漫无目的地乱跑,却遇上了那辆酒后失控的小篷车时的惊慌。

……

屏幕上久久没有声息。

她想向前走去,想拥住那个泪痕满面的老人,去擦干纵横在他面庞皱纹上的泪痕,给他一个等了整整20年的原谅。

她不是张——,她是李季一。

可是她没有形体,她所能做的只是竭自己所能地大喊,将那混着不存在的热泪的情感声嘶力竭地投出去。

落在屏上,化为简单的两个小字,"爸爸"。

"你真的回来了……"老人沙哑的嗓音喃喃地道。

很少有人知道李博士从脑科学医学博士走到今天的成就,所有的想法和执念都来源于一个在床上躺了20年的植物人女儿。

更没有人知道李老之所以坚持要在天河×号的内部核心组件方面，采用更为复杂的虚拟世界架构而非低成本的生物电刺激的真正原因是出于自己的私人用途。

他采取了一小部分女儿的脑干与海绵体，以此为蓝本复制出第一批仿生脑，通过计算，只有在数量达到2的20次方这个单位时，才有97%的几率培育出一个完全相同，承载着之前女儿记忆和性格的复制体。

但他还是这样做了，而且他相信他能从这一百万人里挑出他的女儿来。

在那样一个世界里，他相信他的女儿还是会一如既往的想方设法打破他设置的禁令，并且以她对生物电子信息概念的了解，会很轻易地探寻出这个世界的不合理之处与其本质成因，第一个自我意识觉醒的个体，必定会是他的女儿，他的不听话的女儿。

"尽管我之前一直不肯承认，但我真的从你身上学到了很多东西。你确实不听话，有的时候比我还固执，但你会为了自己的信念而去做一切可能的尝试，不拼出一个成果不愿放弃。这是之前做事求稳妥的爸爸没有考虑到的，但这次，我用你的方式，成功了。"

"一一，对不起，我在你在的时候做了太多让你伤心的事情，不过我还要说的是，无论何时，爸爸都因为有你这样的女儿而自豪。"

八

由李博士亲自主刀的手术进行得十分顺利,术后恢复效果良好。

李季一正坐在轮椅上,李亚明推着她,欣赏着这由父亲一手设计建造的超级计算机。这座要背着人类发展的重任向未来航行的超级飞船,真的是起源于一个双十年华的少女的理想,和一个父亲20年矢志不渝的爱与坚执。

在那银色飞船的正中,还留着百万个不曾醒的梦,留在那里,以另一种方式生活着。

她时而还会想起那个叫顾漫的女孩儿,那个拒绝了她(他)的女孩儿。

她是否还会去那家常去的酒吧,在那个边角的座位,等那个不再出现的张——呢?

那个揣着明白装糊涂的女孩,确实让她感觉到一些惺惺相惜。

只是,对那个永恒的世界,她怀念,却不留恋。无限的生命再美好也不过是黄粱一梦,她还是更喜欢这个可以爱、可以被爱,可以戴着她最喜欢的浅蓝色发卡在阳光下微笑的世界。